JN094759

ことばの杖——李良枝エッセイ集

新泉社

本書は小説「由熙（ユヒ）」で芥川賞を受賞し、若くして亡くなった作家・李良枝のエッセイを集成したものです。巻頭には詩「木蓮に寄せて」を掲載し、また大庭みな子との対談「湖畔にて」、さらに資料として単行本未収録の作品「私」（著者が中学生時代に発表した作文）も収録しています。エッセイに関してはテーマごとに分類し、「旅の風景について」「韓国の踊りについて」「文学と文化について」「はざまを生きることについて」の四つのパートから構成されています。

　李良枝は一九五五年三月十五日、山梨県南都留郡西桂町で在日韓国人の両親のもとに生まれました。青春時代の彷徨をへて、一九七五年に早稲田大学社会科学部に入学するも半年後に中退。この頃から伽倻琴《カヤグム》、韓国語、韓国舞踊を習い始め、一九八〇年から東京と韓国の往来を繰り返すようになります。一九八二年ソウル大学国語国文学科に入学し、小説「ナビ・タリョン（嘆きの蝶）」を文芸誌『群像』に発表、作家としてデビューしました。その後に書いた小説「かずきめ」「刻《こく》」など、著者の作品は高く評価され、韓国語・中国語・ドイツ語などに翻訳されています。

　一九八八年にソウル大学を卒業し、翌年の芥川賞受賞後、梨花女子大学舞踊学科大学院に進学。そして一九九二年、東京で長編「石の聲」の執筆に専念し、妹の李 栄が創刊した四ヵ国語情報誌『We're』の編集を手伝っていたところ病に倒れ、五月二十二日に急逝しました。享年三十七。本書の巻末には、李 栄が姉の半生と最期の日々を綴ったエッセイを掲載しています。なお本文中の［　］および文末の＊は編注です。

もくじ

2 韓国の踊りについて

3 文学と文化について

4

はざまを生きることについて

ことばの杖——李良枝エッセイ集

詩

木蓮に寄せて

ある日の
すべての事物　すべての営みには
秘めやかな律動が
時をむすび
深い空気を形作って流れていることを
葉の一つが
教えてくれた

ある日
花びらの一つは
こうも語った
ただ　眼ざしをかわしていよう　と

母国の空は
瞬時　瞬時　色を変え
雲の中に光をたわませ
わがままに
開いては　閉じ
泣いては　あくびし
笑っては　しょげる私の心のままに
現われた

恋焦がれていた頃は
たとえ会えなくても
淋しくても
呼びかける声は　しっかりとしていたし
「ウリナラ（母国）」
返ってくる音も　像も
鮮やかで　あたたかだった

まさか
木蓮の木だけが
祖先と
世界と
この息のありかと
今と
私との

トンボウ（同胞）だったとは

問いかけ
答えを乞う相手は
木蓮の
その葉　その枝　木肌とくぼみ
花たちと
余映
樹液のにおう
風と
影

ある日
根元にしゃがみこんだ私の
肩から背中を

鋭く熱い息が　つらぬいていった
空想は　空虚で
怯えは　醜く
不安は　欲ばりにさせ
誕生の　今は　そのたびに姿を消す
うなずき　立ち上がると
足の先まで熱くなっていて
かえって私は気恥ずかしく
足踏みする振りをして
うつむいた

あの頃はよく腹を立てた
自分にとらわれて
自分にがんじがらめになっていた
わかりたい

わからない
わかってほしい
わかりたくない
ウリナラも　意地悪で
私も　意地悪だった
互いに罪をなすり合い
いつまでたっても
あきれるほど
自分ばかりだった

ある日
そこ　ここと
少しずつ咲き始めた花のつぼみが
はっとして
後退りするほどの速さで

開ききっていた

母国に来てから　この花びらの
厚みと　華やかさと
つつましさとに
十回
見とれてきたことに気づいた
しばらくして
十回目も
心に大きな音をたてて
花びらは落ちていった

葉のしげみに　近づき
消えた花びらの行方を　尋ねた
木蓮は答えなかった

冬の日々
葉も　何もかもが散ってしまったあと
今度は　消えた葉の行方を　尋ねた
いくら問いかけても
やはり
木蓮は黙ったままだった

しつこく問い
腕を組みにらみつけた
そのうちに
ひどく咳こんだ
顔が　赤くなった
拙さを
笑われていた

ある日
幹に手をのばし
もっと　もっと　と
高く手をはわせていたら
木蓮は
手のひらに　声を　しるした

また春が来る
十一回目の春が
もうすぐめぐってくる

消えた花びらは　息している
消えた葉も　息している
新たな花びら
新たな葉として

いつか現われ
またいつか消え行くものとして
このからだの中に
隠れている

すべてを　どんな事物をも
等しく　とらえなおしてみたらいい
刻みこまれたしるしは
あそこでも　ここでも
静かに微笑んでいる

連なった時間は
時間をまた連ねて流れているけれど
この今は
微笑みの哀しさとともに

等しい　今　として
おまえの中に在る

ある日
月を仰ぎ　光に目をこらしていたら
耳鳴りがして
見ると
こんもりとした葉と
ないはずの
数えきれないほどの花びらのすべてが
大きく揺れて　輝いていた
貴い　確かなつぶやきが
聞こえてきた
木蓮の　いのちの声が
私をつつんだ

耳をすますだけで
感じとることができる
繰り返し　目を閉じ　口を閉じることで
律動が
おまえを引きうけ
引きよせていく

一なる今
過去の日々と同じように
すべてが創り出されている

この今の中で　励みなさい

この今の只中で

等しく見つめ　等しく手に取り
在ろうと意志することすら意志せずに
励みつつ　在りなさい

1

旅の風景について

木蓮によせて

クリーム色の、ぽってりと厚い花びらを咲かせる木蓮の木に、私は憧れ続けてきたような気がする。

単に好きだからなのではない。

木蓮の、その花だけではなく、幹、つぼみ、枝、樹皮の感触、色合い、すべてに私は憧れ続けてきた。満開になった春の日も、花をすっかり落としてしまった夏も秋も冬の日も、木蓮は在り、その在り続ける姿に、私は圧倒され、励まされ続けてきたように思う。

教室の外に、学生たちの怒号がとびかい、キャンパスを踏みならしていく足音が聞こえていた日、アクロポリスを埋めた学生たちの集会が、楯を持った黒々とした一団に蹴散らされ、そのうちに辛《から》く、声を出すことも息することも苦痛になる催涙弾が連射され、おいたてられるようにして大学から帰っていった日……、無数の、日付けすらも忘れてしまった数知れない日々の中で、木蓮は私に囁きかけた。

吐息せよ。

と。冠岳の美しい山脈よりも、高く青い空よりも、キャンパスの片隅にあった一本の木蓮の木が、無数の日の私を力づけた。

心の中では、涯しない自問自答が続いていた。

人の生は、まるでX軸とY軸のように、物質と精神、肉体と心、集団と個、社会史と個人史……が重層的に交錯している。

もちろん、政治の質を問い、生活の変革を追求しようとする学生たちの姿勢は正しい。しかし、どのようなイデオロギーであっても、結局それらは、「制度」という問題の範囲を出るものではない。

思想の価値と、思想の性格とは、決して同じものではない。

真か偽か、が問われる価値よりも、キャンパスの中に響く学生たちの声や文字は、思想の性格の方にとらわれすぎているような気がしてならなかった。今、どちらが善いか悪いか、危険か穏健か、進歩的か反動的か、……それらは、思想の効果にしかつながらない外的性質にすぎないのだ。

だが、在日同胞であり、母国留学生である自分に、一体何が言えるというのだろう。どのような革命も変革も、結局は「制度」の問題でしかない、と言える、自分にどんな資格があるというのだろう。

参与することなどできない。

韓国社会の構造的矛盾にどれほど気づき、憤怒を覚えていても、自分は、替えれば何倍かのウォンになる日本円で生活している。何を言いきり、何を断罪できるというのだろう。心の中でかわされるたったひとりきりの議論は、終わりがなく、休む時がなかった。

「授業拒否」

「試験拒否」

それらのスローガンは、私にとってはまた心の拷問が始まる、という予告だった。

母国修学生という名分は、学生たちの意志と否応なく敵対していく。勉強をしに、一日も早く母国を知るために留学してきたのだ。だから少しでもよい成績を取らなければならない。そういう義務感と姿勢が、「拒否」を実行しようとする学生たちの意志と反していくことは、つらい皮肉だった。

ノートを貸してくれる学友たち、聞きとりにくく筆記しにくい単語を、親切に教えてくれる学友たちを裏切ることはできない。日々机を並べ、会話をかわしている学友たちが困るようなことは、少なくともしたくない。

答えが出ないまま、その全体主義的な発想に対する疑問も嫌悪も口に出せないまま、私は「拒否」に加わった。胸苦しくなるような心の中の議論の応酬はますます出口をなくし、悲しく、憂うつになっていくばかりだった。

何度も木蓮の前に立った。

毎日のように催涙弾を吸いこまされ、叫び声、怒号に晒されていても、木蓮の木は同じ場所に、同じ美しさを保ちながら立っていた。

持つ者、持たざる者、

支配者、被支配者、

強者、弱者、

できる者、できない者、

……………。

この二項対立を超え、突きぬける論理は、この世の中にはないのだろうか。

私は、数知れないほど木蓮に向かって問いかけた。いつ伐り倒され、その幹、枝が傷つけられるかも知れないのに、生殺与奪をすべて他にゆだね、沈黙を甘受している木蓮の木に、まるでとりすがるような思いで問い続けた。

母国での生活になじめず、政治以前に、民族的主体性という一種の呪文に怯えている自分という存在、在日同胞という特殊性がかかえている意味、理想とは違った우리나라と、生活することの生々しさ、それらに当惑し震えている自分の弱さ、実体、……木蓮に問いかけることは日一日と増えていった。

あの連想は、多分、思考の飛躍には違いない。

〈終声復用初声……〉

訓民正音の中の一節が、私に啓示と示唆を与えた。

一文字の한글、その終声が必ず初声の子音群の中に戻っていくという論理。子音と母音、

という二分説ではなく、子音、母音、また子音に循環していくという三分説の論理。

終わりは始まりであり、その始まりにすでに終わりの音がふくみこまれている。

私の連想は、忙しくかけめぐり始めた。

状況は、あらゆる可能性を、その現在の姿の中に内包しているのだということ。苦しみからの出口、問いに対する答えは、問い続けることの、その行為の中にすでに暗示されているのだということ。

祖先たちの賢明な知恵、偉大な生活思想が訓民正音の中に、すなわちハングルの発声の中に流れ続けていたことを、私は知らされたのだった。日常の言葉の中に、生というものの一つの真理が宿っていた。訓民正音から受けたこの感慨は、私を勇気づけた。

人との交わりによってのみ、文化や歴史が息づいていくとしたなら、何よりも声、人を呼び合い、互いの思いを伝え合う声が、その基層となり、土台となっていくのだろう。

言葉は文化である、とは、そのような認識に対する緊張と、謙虚さと、祖先たちに対する敬虔な態度にあってのみ言い得る真理である、と私は確信するようになった。

木蓮を見つめる自分の視線が変わっていった。

そのうちにはっとした。

冬の日だった。

花を全くおとし、冷たい風の中に樹皮を晒しながら立ち続けている木蓮の木を、私はくい入るように見つめた。

春になれば、また花が咲く。

四月になり、風の感触も温度も変わり、日ざしもやわらかになれば、またあのクリーム色の花が咲く。

今、花びらはない。

花を咲かせていた春の日の木蓮とは、全く違った姿をしている。

しかし、自分は確かに花の咲いた木蓮を見てきた。そして次の春にはまた見るだろうことを知り、予感している。

今、花びらはなくても、花びらはあったし、またあるのだ。ない花びらは、一体今、どこにあるのか。

花びらはすでに木蓮の中にある。

息づいて、咲き誇る日々をじっと待っている。

終わりなどなく、終わりは始まりであり、あの春の日の花をつけた木蓮の姿の中に、今の、花のない姿が隠されていたように、この今の、花のない一本の木の中に、美しい春の日の姿がすでに宿されている……。

世宗大王も、集賢殿の学者たちも、きっと植物が好きだったに違いない。私は久し振りに笑った気がし、ひとりで勝手な想像に浸りきった。祖先が身近に感じられ、心がおのずと温まってくるような、それは心地よい時間だった。

また四月が巡ってきた。

私がいる下宿の庭に、大きく堂々とした木蓮の木が立っている。

窓を開ける。

もうすぐ、あのクリーム色の花びらが、樹液のうねりの中で、咲き始めようとしている。

＊著者がはじめて韓国を訪れたのは一九八〇年五月。軍事独裁政権が出した戒厳令に抗議し、民主化を求める学生や市民のデモがおこり、「光州事件」のさなかだった。なお文中の「木蓮」は白木蓮を指していると思われる。

富士山

1

十七年ぶりに、生まれ故郷の山梨県富士吉田市に帰った。

「由熙」を書き終え、発表したあとの昨年〔一九八八年〕十月頃からのことだが、私の心に、自分でも想像できなかった変化がおこり始めていた。

富士山を見たい。

無性にそう思うようになった。

十七歳で高校を中退し、家出同然に故郷を離れてから、十七年たって、帰ろう、富士山と対してみよう、という気になったのだ。

新宿から特急あずさ号に乗り、大月駅で河口湖行の富士急行線に乗り換えた。二輛編成の車内は、下校中の高校生でほぼいっぱいだった。

私はドアの前に立ち、外の風景と向き合いながら、サングラスの中で目を閉じた。

もうすぐ富士山が見える。

走り出した電車の車輪の音を聞き、振動を感じながら、しばらく目を開けられずにいた。

自分が故郷を出たときと同じ十代の若者たちが、この空間を共有している。屈託のない、はつらつとした声とことばを耳にしながら、若者たちもそれぞれの心の底に不安と悩みをひそませていることだろう、と昔の自分に重ね合わせて想像した。

私は、富士山を憎んできた。

物心ついた頃から、家の二階から見える富士、学校の窓から見える富士、いつも自分に何かをつきつけ、にじり寄ってくるような富士を憎みつづけた。

家庭の中は、両親の不和のために、暗くじめじめしていた。心の中は、言葉にならない不安と昂ぶりでざわめいていた。何故生きているのか、生きなくてはならないのか。自分の生、人の生を認めようとするきっかけさえ摑めず、この世界を憎悪していた。美しく、堂々として、みじろぎもしない富士山が、憎くてならなかった。

故郷を飛び出した。

それでもなお、富士山はつきまとった。

田中ではなく、李を名乗るようになってからは、日本の、朝鮮半島に対する苛酷な歴史の象徴として立ち現れ、韓国に留学してからは、自分のからだに滲みついた日本語や、日本的なものの具現者として押しよせてきた。

私はひたすら富士山を拒んだ。一体、どこまでつきまとうのか、と幾度となくその姿を罵倒した。

けれども、実はいとおしかったのだ。

そんな気持が許せなく、否定しようと抗ってはみたが、富士山は底知れぬ強さを秘めてびくともしなかった。時おり私は、稜線の美しさや威容にあこがれ、誇らしく思い返している自分に気づくようになった。富士山は、動かずに、深奥に猛火を抱き、聳えつづけている。そう在りつづけてきたと思うだけで、胸が熱くなり、頭の下がるような感動にふるえた。

目を開いた。車窓の光が眩しかった。

私はそっとサングラスをはずし、富士山を仰ぎ見た。

2

富士山をとりまき、まるで富士を守るようにして連なっている山脈の一つに、三ツ峠という山がある。

私は、三ツ峠のすぐ麓の村に生まれ、そこで三歳半まで育った。富士吉田市にはその後に移り住み、十七歳まで過ごしたのだが、富士吉田市を訪れた翌日、南都留郡西桂町にある自分の生まれた家に行った。三十年ぶりに見る村であり、家だった。

西桂町役場の角を左に曲がると、突然前方に三ツ峠が広がった。

思い描いていた姿よりも意外に低く、頂きの線が丸みを帯び、やわらかなことに驚いた。

そのうちに、山から伝わってくる何かに打たれ、押さえこまれ、からだが重くなっていくような感覚にとらわれ始めた。

山に向かって伸びている道の、ガードをくぐったすぐ右側に道がある。道を入った奥に生まれた家がある、と車を運転する友人に私は話していた。右に入る道が見つからないまま、友人は車を走らせた。

三つの頃の、古い記憶が鮮やかによみがえっていた。からだが、やはり重くなっていく。その感覚は、自分に記憶の確かさを信じさせ、胸の奥に声にならない声を湧き上がらせた。薄青い空の下に、ゆるやかな稜線を描いて続いている三ツ峠。深い緑色が伝えてくる懐しさ。濃淡の、色合いの、厚みとしか表現しようのない樹木そのもの、山そのもののふくらみ。

立ち現われた記憶の画像は、三十年後のその時、直接目にしている山の光景とはっきり重なっていた。

「違う、来すぎている」

私は言った。

近すぎる、右に曲がる道はもっとうしろの方にある、と妙に切迫した思いにかられながら、三ツ峠から後退りするように車をバックさせた。

遠近感が一致した。

見ると道があった。細く、長い道が、人家の横に伸びていた。車が入れないほど狭く目立たない道であったために、私も友人も気づかずに通りすぎていたのだった。

車を近くに止めて降り、路地の入口に立った。三ツ峠との隔り、その姿との遠近感が、やはり記憶と等しいことにあらためて安心し、歩き出した。

土手の上を走る富士急行線の線路と、見つけたばかりの路地は平行し、その間に人家、畑、私の生まれた家が並んでいる。家の裏側は墓地で、路地の突き当たりに、長得院というお寺が昔のままに残っている。

何もかもが小さく見えた。

広々としていたはずの畑も、大きかったはずの家も、小さくこぢんまりとしていた。踏みしめている路地も、もっと広く、長かったはずだった。自分のからだが大きくなった分だけ、風景の方は縮んでしまったのだ、とひとり言に笑い、また三ツ峠を見上げた。

目の位置が昔より高くなっていても、山との遠近感は少しも変わっていなかった。

3

三日間、富士山を見続けた。

雲をかぶっている富士も、眩しい光線の中に雪の白さを輝やかせている富士も、夕暮れの濃い藍色の空に浮き上がった富士も、どんな瞬間の姿を目にしても、美しい、と私は口の中で繰り返していた。

生まれ故郷を訪ね、旧友たちに会い、自分の生まれた家も見ることができた私は、旅を終えて東京に戻った。

「次は、いつ日本に帰ってくるの？」

ある友人が言った。

「それで、今度はいつ韓国に帰るの？」

友人にはそう訊かれた。

帰る。

自分は日本にも帰り、韓国にも帰る。

単に愛憎という言葉でくくってしまうのもためらわれるような富士山に対する複雑な思いとともに、この〝帰る〟という言葉にこだわり、苦しんできた過去の日々を思い返さずにはいられなかった。

帰ってくる。

帰っていく。

けれどもすでに、少しのこだわりもなく、〝帰る〟という言葉を二つの国に対して使い、いついつ、と答えている自分がいた。

富士山を見たい、とソウルで思い始めたのも、意外な心の変化だったが、実際来て、直接故郷の空気を味わった旅の、その渦中でも、私は、自分自身の心の状態に驚かされ続けていた。

何でもなかった。

憎み、恨み、拒んできた富士も、それでもいとおしく、胸が衝かれるほど懐しかった富士も、過ぎ去った記憶の中の歪んだ姿として遠いものになりきっていた。

富士山はただ在った。

それを見つめて、美しいと呟いている自分も、ただそう在り、平静だった。

東京からソウルに戻ったあと、全羅道を旅した。

山から目を離すことができなかった。

車窓の右側、左側、そして前方に映し出され、現われ出てくる山々に圧倒された。目に入ってくる限り、一つひとつの山、稜線の流れに、頭を下げたくなるような気持ちで見入り、見つめ返した。

祖先たちが仰ぎ見てきた光景。

そこに在り続けてきた岩、土、樹木。

すべてが美しかった。それだけでなく、山脈を見て、美しいと感じ、呟いている自分も、やはり素直で平静だった。

韓国を愛している。日本を愛している。二つの国を私は愛している。

そんな独り言を静かに聞き取っている自分自身にも出会っていた。

意味や価値をおかず、どのような判断や先入観も持たずに、事物や対象をそのままの姿で受け止め、対することはできないだろうか。

長く迷いながらも、ずっと求め続けてきたひそかな願いは、ようやく、その一歩が実り始めてきたように思える。

瞼に、富士山を描き出してみた。

車窓の外には、蘆嶺《ロリョン》山脈が広がっていた。

「고《コ》맙《マプ》습《スム》니《ニ》다《ダ》（ありがとう）」

同じ呟きを、私は、この今繰り返している。

「寿」

昨年〔一九八九年〕の秋、初めて出雲に行った。十日の予定が、約百日の滞在となった。

住んでいたところは、島根県簸川《ひかわ》郡斐川《ひかわ》町大字今在家《いまざいけ》にある〝アカツキハウス〟。そこは昭和十年に、百メートル十秒三、という世界タイ記録を出し、〝暁《あかつき》の超特急〟と呼ばれた吉岡隆徳氏の家だった。ご遺族の意向で公けの場として提供され、アカツキハウスと命名されたちょうどその時期にあたっていたこともあり、町役場の方々のご好意に甘えて、私の長期滞在の希望はすぐにかなえられた。

ある小雨が降りしきる早朝のことだった。

外から聞こえてくる物音で目を醒ました。

見ると、隣りにある春日神社という小さな神社の境内を、一人の老人が、腰をかがめ、雨にうたれながらも一心にほうきで掃いている。

信仰ということにさほど関心がない私だったが、老人のそんな姿を見て、じっとしていることはできなかった。

急いで顔を洗い、外にとびだした。

嘉藤《かとう》翁との、早朝の神社のそうじとおまいりは、その日から私の日課となった。

ご近所の金築《かねつく》翁、そしておばあさまたちも、みなしゃきっとしていらっしゃる。何よりも表情がしっかりとしていらっしゃる。

ある日は、旅伏《たぶし》神社、またある日は、韓竈《からかま》神社や鰐淵寺に、とみなさんでおまいりした。

黒崎翁、原翁、高橋翁、北村翁、そして嘉藤翁、平均年齢八十歳というおじいさまたちが、山道を登りながらも全く平然として疲れも見せないという健脚ぶりなのに、私も私の友人も、若いのにふうふうと言っているのは情けないほどだった。

そんなある日の帰り、原翁のおとうさまである原吉蔵翁にお会いした。

百歳。

腰が少しまがり、耳がわずかに聞こえにくいというだけで、歩き方も話し方もしっかりとしていらした。奥には、九十歳の時の書が書かれてあり、今もなお書は続けられているとのことだった。そのおとうさまに、七十八歳の原翁が小言を言われ、子供扱いにされているのを見た時は、吹き出さずにはいられなかった。


今年の十月、ほぼ一年ぶりにソウルから戻り、また斐川町をおとずれた。

同じ顔ぶれで、今回は十六島《うっぷるい》湾をドライブし、みなさんと食事をした。

帰りに、原吉蔵翁をたずねた。

玄関先で、ただ一目お会いし、ご挨拶だけでも、と立ち寄ったのだが、お元気な姿を目にしたとたん、熱いものがこみあげ、思わず靴を脱ぎ、近くまで走り寄って両手をついた。

百一歳と、三十五歳。

自分の若さを思い知らされ、歳をとるということの大切さ、日々を生き、時をつみ重ねていくということの貴重さ、尊さに心から頭が下がった。

別れぎわ、原吉蔵翁が、自筆の色紙を下さった。

「寿」

書き続けるということに、文字そのものに、励まされた。

2
韓国の踊りについて

巫《ふ》俗《ぞく》伝統舞踊――멋（モッ）の息吹

멋（モッ）は、粋とか味、と訳すことができる。멋이 있다（モシイッタ）となれば粋だ、味がある、という意味になり、すっかり日常語化した現在の韓国語では、着こなしがよかったり、単にすてきね、かっこいいね、という時にもこの멋が使われている。

食物や飲み物の味は맛（マッ）だが、同じ一文字で味と訳せても持っている意味は全く違う。

生まれて初めて韓国に行ってから、八年近く経った。ソウル大学に入学してからは四年で、入学するまでは年に何回か東京とソウルを往復し、踊りを習ったり伽倻琴《カヤグム》の稽古を受けていた。

初めて発表することになった「ナビ・タリョン」という作品を書いたのは、八二年の四月のことだった。第一稿はソウルの下宿で、午前中は舞踊を、午後は伽倻琴を、そして夜は万年筆を握るという生活をする中で約一ヵ月半ほどで書き上げた。その後は日本でいくつか作品を書き、書くことの甲斐とでもいうものを少しずつ実感していった。そしてまもなく留学を決意した。当時としてはさまざまな動機があった。しかし今となれば、踊りたい、という一心からだったのではなかったろうか、そんな気がしてならない。

学生生活は十年ぶりのことだった。それにそこは韓国であり、言葉の障害ももちろん大きかったが、一時の滞在では気がつかなかった空気の匂いや音、人々の表情の違いに驚かされた。韓国は外国だった。外国でありながら、しかし始終ウリナラ（母国）という観念が重苦しくつきまとい、わたし、という個のためらいやうろたえを封じこめた。日本において韓国人であることを隠そうとし、目に見えない壁の前でひとりでおろおろとしていた昔の自分と、韓国での不自由さはどこかで通じていたとも言えた。

ほっとできるのは踊る時だけだった。稽古場はわたしにとっての避難所だった。そこに行き、チマチョゴリを着、音の中でただ踊れば、韓国語も日本語も忘れられた。小説のことを考え日本語にこだわっている自分が、大学で講義や学生たちとの会話にすら、その言葉の響きに拒否感を覚え、聞き、話しながらも実は耳をふさぎ、口を閉ざしている時がある。本当の自分はそうなのに、観念はそのことを許さず、自分自身を嘲笑すらし、追いつめる。踊っている時だけが、二つの言語の間でうずくまっている自分を起き上がらせることができた。

멋、という言葉はあまりにも安易に使われてしまっているような気がする。そんな生活の中でこの言葉に対する思いも大きく変わっていった。

韓民族としての멋、そして恨《ハン》。

しばらくの間もなお、これらの言葉はわたしにとって憧憬そのものであり、在日同胞としての、いわばアイデンティティ獲得のバネ、自覚を絶えず鼓舞させる想像力の核としてとらえられていた。

しかし、アイデンティティ獲得あるいは自覚への鼓舞と自分で今書いたばかりのそれらの言葉を、わたしはここで、サルプリを踊る時に手にする白く長いスゴン（手巾）や僧舞を踊る時に着るチャンサムという黒い衣装の長い袖ですっぽりとくるみこみ、自分の背中、その遠くうしろの方に思いきりほうりなげてしまいたいと思う。

歴史や民族、同胞としての義務、使命等々、理屈としての観念か、あるいは思いこみ、昂ぶる素朴な感傷、それらにつき動かされていたころのわたしにとって、踊ること、その行為自体が自分自身に対する拷問だった。だが同時にその行為の時間こそが、逃げられ、救われる、言いかえれば個に立ち返ることのできる時間でもあった。

わたしはわたしでありたい。

そう心から思い始めた。稽古場は避難所以上の意味を持つようになっていった。

멋、とは誰でもがその人なりの個として自分らしくあろうとする心のあり様を示す言葉なのではないだろうか。멋は徹底して個の中に宿り、個の中でこそ育まれる。けれどもその個は個を支える死者と生者から成る集団、歴史ともあざない合っていく。だからだと思う。멋には恨、そして俗ということが必ずふくまれ、連想される。

韓国語で、リズムのことをチャンダン（長短）という。各チャンダンの変わり目は一つの休止、息つき、と普通ならみなされるかもしれない。しかし、わたしの中で常識化されていたそういう知識は、踊りこんでいくうちにはっきりとくつがえされた。

休止ではなかった。休止でありながらそれは始まりであり、継続している。分厚い層が余韻とともに練り上げられ、流れていく長いうねりの中の一点、それも妙にずれて示される一点だった。

煞풀이、と書く。煞は殺の俗字とされているように、厄難、不運、不浄を意味していると考えていいと思う。풀이（プリ）は解く、ほどく、放たれる、と訳されるだろう。

サㇽプリは、本来굿（クッ）、すなわち俗の儀式の最後に踊られていたものだった。飲酒し、歌舞しながら悪神や逆神を追い払い、祖霊を呼び、個人や部落の安寧を祈るクッは、各地方ごとにさまざまなものが伝わっている。行事の進行を司る者がムーダン（巫堂）であり、ムーダンの中には世襲と降神が区別される。

わたしが師事している金淑子《キムスクチャ》氏は、今年［一九八七年］で六十二歳になる。京畿道安城地方の世襲ムーダンの出身で、今はソウルで舞踊家として活躍している。

八〇年、光州事件のさ中に初めて韓国に行き、その時わたしは金淑子氏のサㇽプリを見た。舞台化され、演戯性が目につく、すなわち新舞踊化された伝統舞踊が多い中で、そのサㇽプリは衝撃だった。チマチョゴリのふくらみは腰のひもでくくられ、印象的なスゴンの動きも視線もすべて抑制されたものだった。弟子入りし、サㇽプリを踊り始めてまもなく、わたしは小説を書き始めた。

サㇽプリは恨の踊りだと言われている。しかし恨は、弱者としての女性の、出自や環境に対する恨み、呪詛とだけに解釈されるものではない。個としての恨は、呼吸の基底を支える。ところがその個がもっとも奥深く、もっとも広がりを持った個としてとらえられてこそ、そういう個であってこそ、恨の永遠性が浮かび上がってくるのだ。

恨は語らない。口の中で噛みくだかれた嗚咽、いや慟哭は、両肩、腰、かかとを重心の要としてからだ全体に浸み渡っていく。ムーダンは踊り始める。恨は音に溶け、思いの強さは吐く息の強弱、微妙な震えに現れる。そしてそれらが音を誘い、音を煽る。チャンダンは続いていく。やはり休止のようでいて休止ではない。交霊しあう霊と霊は、まさしくこの世に生き、また生き続けてきたあらゆる生命あるものの姿のように多様な表情を持ち、呼吸し、今という時間を創り出していく。恨はその底力だ。それが멋に通じる。

サㇽプリは、ムーダン自身のための踊りだった。ムーダンは個でありながら、同時に集団に選ばれた思いの体現者として、個と無名を兼ねそなえた存在だった。神の前では男女の別はない。しかしその別をあえて問うのなら、女性は生み出す者として男性よりも不浄であり、だが、であるからこそ高貴なのであり、聖に近づき得る者として選ばれ、象徴を操作する特権を与えられるのだと思う。

三メートル近くある白いスゴンは、あの世とこの世を結ぶということを意味し、生き行く者たちの長寿を祈るという願いもこめられている。チマチョゴリとスゴンの白は、浄化の象徴に違いない。白は始源と窮極、あらゆる二元的対立がそこに統一され、体現されていく。

サルプリは、ムーダンの示威も兼ねて踊られていた。儀式が終わり、また日常に戻っていくことの哀しみ。だが一方で、人々は祖霊に対する感謝と幸福感に満たされている。聖俗混交の時間と空間を共有し合いながら、ムーダン自身は生き続けていく側に戻っていかざるを得ないことを誰よりもよく知っている。勇気をためこみ、人々に与える。踊りを見る者たちはその力によって日常に引き戻されていく。

踊りを通して問われているのは、今ということだ。これは巫俗という土着宗教の核となっている発想である。即物的、即時的な救い、それは今を認め、今を肯定していくことから始まる。ムーダンにおいてはその肯定の意志が強ければ強いほど、交霊の境地を体感できるとも言いかえられる。これは矛盾のようでありながら、決して矛盾ではない。聖と俗はかけ離れたものではないからだ。

日帝植民地時代、巫俗は迷信として排斥され弾圧された。その中でムーダンや楽士たちの多くが放浪芸人や妓生になっていったという。特に舞踊は妓生たちによる妓房芸として受け継がれていった。

僧舞は民族舞踊の一つとして数えられている。その由来は仏教儀式から派生したとする説、十六世紀中葉の女流詩人、黄真伊《ファンジニ》が始めたとする説、定説として、仮面劇の老長科場という場面での破戒僧に対する諷刺が、独立し舞踊化されたという説などが挙げられている。

妓房芸として伝承されてきたという背景のためか、現存する僧舞には宗教性がほとんど見られず、衣装や動作は洗練されている。しかし、この踊りの持つ象徴性は、サルプリ以上に巫俗ということの何かをよく示しているものだと言っていい。

本来は灰色のパジチョゴリを着、その上に長い袖の黒いチャンサムをはおり、まっ赤な袈裟を左肩から右脇にかけてつける。ポソン（足袋）はもちろん白、頭に白い薄絹のコッカルという山型帽子をかぶるのだが、ちょうど両耳のあたりに赤く丸い布が縫いつけられている。灰、黒、白、それら無彩色と、袈裟の赤、コッカルの耳元に浮かび上がる赤との色彩的対立は、破戒僧の内面でせめぎ合う霊肉二元論の対立を象徴しているとされている。

破戒僧は呵責にうちひしがれながら、解脱へのあこがれの中で悶々とし、葛藤する。その表現として背は絶えず深く折り曲げられ、視線も落とされたままだ。時折空を仰ぐように背をそり返すこともあるが、またすぐにうなだれ、顔をふせる。チャンサムの長い袖を振り上げる動作は、飛翔への願いの表れであり、ヨンブル、トドリ、タリョン、と次々に変わっていくチャンダンは葛藤の複雑さを表す。その揺れ動く思いは、大太鼓を叩く場面までのぼりつめられ、浄化を希求する思いそのままに叩き終えられる。最後にチャンサムと赤い袈裟を脱ぐ。再生が暗示される。
十七、八分はかかるこの踊りの、強いられる動作の難しさと肉体的な辛さは、サルプリとはまた違った感慨をわたしの中に呼びさました。
直観を大ざっぱに言ってしまえば、僧舞は、巫俗の立場から外来宗教としての仏教を揶揄している踊りなのではないだろうか、と気づいたのだ。仏教的理想、来世的救済の思想に対して、現世的虚無思想としての巫俗は、悟りという境地など受け入れはしない。今、が問題であるからだ。だが、仏教も実は輪廻を前提とした上で今を問い、今の貴重さを教える宗教だと言える。今を肯定する巫俗であるからこそ、外来のものとの確執それ自体さえも肯定し、許容し、両者は融合されていったのではないだろうか。

　仏僧として、いや、かくあるべき人間として破戒が何なのか、価値としてどうなのかを問うその発想に対して、僧舞は巫俗の寛大さを動きと構成の中で示していく。葛藤する姿、今そうある姿こそが真実であり、存在の尊さである、と訴える。それらのことに気づいた時、動作や視線、衣装一つひとつの持つ象徴や意味が、すっと解けていった。大太鼓を単に技術で叩いてはいけないのだ、と自分に言いきかせるようにもなった。

　僧舞は俗舞踊である、とわたしは思う。苦しみ、恨、それ自体を見つめる勇気を問いかけてくる踊りとして、サルプリと同様、すぐれて文学的な踊りだと考えている。

　植民地時代になされた歪曲化だけではなく、芸人たち、あるいはムーダンを賤民視する長い儒教的風土、政治的環境、さまざまな条件が韓国の伝統芸能一般をどこか不安定な位置におしやっているように思える。そういう背景を一応認めはしても、日常語の中で安易に使われているという言葉と同じように、サルプリ、僧舞も安易に踊られ、受け取られているのではないか、そんな気がしてならない時がある。

　だが、矛盾も葛藤も、すべて今ある姿として肯定していく巫俗の世界は力強い。息づいている内在律を摑みとる者が必ず現れていくはずだ、とわたしは信じている。どう変容し、どう形を変えても、その時々の今、の中でまるで地下水があふれ出るように蘇生していくに違いない。

巫俗における今は、過去から未来に続く時間の流れの中の単なる一点一瞬を示すものではない。今を創り出し、時間も空間も今の中に重層して現れ出る。その底力となるものは恨、恨の永遠性を支えるものは巫俗。恨は巫俗の中で、巫俗は恨をよりどころとして生き続けることの勇気と、そして虚無を人々の心に刻みこんでいく。

何よりもまず個としての自分自身を見つめていくことの大切さを、わたしはこれらの踊りから教えられた。その時の個が、決して個で終わり得ないものであることも教えられた。

勇気の奥行き、幅、勇気の呼吸……、そうかもしれない。멋とは、その息づかいをさす言葉なのかもしれない。

韓国巫俗伝統舞踊

巫俗とは、司祭者である巫堂《ムーダン》が、歌舞によって神と交霊し、厄災の除去と寿福の招来を願う韓国の土俗信仰であり、東北、中央アジアの一帯に広がるシャーマニズムの一類型とされています。厳密には、〝クッ〟と呼ばれる巫俗の儀式のみを意味しますが、長い歳月の間に、韓国人の生活原理ともいえる文化の基層を形作ってきたものとして、生活風習一般をさして言う場合もあります。

クッには、家単位の家祭と、村落単位で行なわれる部落祭（あるいは洞祭）があり、その起源は、古代三国時代の国家的行事にまでさかのぼることができます。クッは、儀式であると同時に、祭りでもありました。

韓国に伝わる芸能は、農楽であれ、仮面劇、舞踊であれ、そのほとんどがクッから生み出されたものだと言っても過言ではありません。ムーダンには、大別して降神巫と世襲巫があり、朝鮮半島を横切る漢江を境として、その北方に降神巫が分布し、漢江以南と東海岸（日本海側）に、世襲巫が分布しています。降神巫のクッでは、神の言葉である神託を知ることが主要な部分を占めますが、世襲巫のクッでは、人間の願いを告げたり、神霊の意志を知るための〝ノリ（全身で演ずる歌や踊り）〟が中心となり、芸術的に洗練されているのが特徴といえます。

どのような宗教にもあてはまることですが、全く新しく、純粋な宗教現象などというものはありません。外来宗教を受け入れ、確執し合う中で、前からあったものは否応なく変化し、また他の社会的文化的要因とも作用し合い、時代性をともなった独自な現象が展開されていきます。

巫俗も、長い朝鮮王朝の時代に大きな変容をとげました。

儒教を支配原理とした家父長中心、男尊女卑の社会構造は、巫俗を婦女子の宗教として、仏教とともに賤視しました。儒教的儀礼に参加することさえ許されなかった女性たちにとって、巫俗信仰は心のよりどころとなっていきました。

たとえば、ハングル文字が一四四三年に世宗大王によって創製されながらも、国語化されるに及ばず、一八九四年に至るまで漢文が公用語とされていた間、民衆の口碑文学といえる巫歌（クッでうたわれる口承神話）や民謡、説話などの担い手は、女性たち、下層の民衆たちでした。そのようなハングル文字の歴史と同じように、巫俗芸能の伝承者、受容者も、儒教支配の環境から疎外された女性たちや庶民が中心となっていったのです。

ムーダンの数も女性が圧倒的に多く、死者よりも生者のための祈りの要素が強い、現実主義的、人間中心的な宗教観は、恨《ハン》の世界に裏うちされながらも、娯楽性や楽観性をともなった儀礼を作り出していきました。

しかし、朝鮮王朝に続く日本の植民地時代も、民衆芸能史にとっては苛酷な時代でした。クッは禁止され、携わる者の多くが、妓生や放浪芸人として離散していきました。

私の踊りの先生である金淑子《キムスクチャ》先生は、京畿道の世襲巫の家系の出身ですが、十代の頃、禁じられていた芸の伝承を御尊父である金徳順《キムドクスン》氏から、官憲の目をのがれて洞穴の中で習い受けていたそうです。そして見つかるたびに打ちすえられ、始末書を書かされていたという事実を話しています。

儒教という支配思想と日本との不幸な歴史、すなわち、内側と外側からの厳しい圧迫によって、巫俗も民衆芸能も、屈折や歪曲を余儀なくされていきました。

けれども、基層にあっては連綿と流れている地下水のような巫俗の思想は、女性を担い手とし、女性たちの心の支えとなってきたからこそ、今日まで伝わり、韓国人の生に対する強い原動力になっているように思えます。

韓国舞踊は、このような脈絡をもつ歴史のなかで伝承されてきました。

巫俗において、人間と神々は、ある意味では対等と言えます。〝シニ　ネリンダ〟という言葉がありますが、神々の方が、人間のいる場所に降りてくるのです。そしてムーダンは、歌舞を通して神々と遊び、怒りをなだめ、願いごとを頼み、また神々を送り出していきます。

韓国舞踊の特徴としてよくあげられる即興性や刹那性、哀愁性や律動性は、明日を考えることができなかった民族の歴史と風土、そして女性たちの苦難とが生み出してきたものなのかも知れません。

生を肯定し、今を見つめ、生きぬいてゆこうとする強烈な巫俗思想は、だからこそ、すべてを受け入れ、抱擁するような幅広さと寛大さを持っているといえるのです。

不浄《プジョン》ノリ

巫俗の神々は、多神多霊であり、神々相互の間には一定した関係はなく、位階の別もほとんどありません。クッを構成する祭次を、〝コリ〟と言いますが、各コリごとに神がいて、それぞれ独立的な力があると考えられています。

クッは、大きく分けて、クッを行う場を浄化する部分、神々を呼ぶ部分、神霊に人間の願いを告げ、答えを受けとる部分、神霊と人間とが共に楽しむ部分、神霊を送り出す部分、等で構成されています。不浄ノリは、クッの初めに、雑鬼や悪神を追いはらい、場を清めていくという祭次に踊られるものです。

左手に持った扇と、右手でふり鳴らされる鈴の音、そして地を踏みしめていくような足の動きの中で神々が呼び出され、クッが始まることが告げられていきます。

巫俗思想の持つ、これは大きな特徴の一つといえますが、不浄の神々を、そのままクッの障害、あるいは厄介なものとして追いはらうのではなく、追いはらわれる神々の立場となって、共に悲しみ、なだめ、慰撫する思いが、踊りの前半部で表現されています。それに続く打楽器だけの伴奏となる部分、悪い神々は追いはらわれ、続く後半部の、長い袖が自在に振られ、跳躍や旋回が繰り返される過程で浄化の祈りが成就していきます。

僧舞《スンム》

仏教儀礼舞踊として僧侶自身が踊るものも、僧舞と言いますが、これから公演します僧舞は、民間に伝わってきた伝統舞踊の代表的なものの一つです。

由来についてはさまざまな説があり、一定していませんが、仮面劇の中の、僧侶を諷刺する場面が舞踊として独立し、妓房芸（妓生たちによって伝承された芸）として踊られてきたものが、一九三〇年代に入って舞台化されたというのが、一般的な説となっています。

長い間、踊りの担い手が妓生たちであったためか、破戒僧諷刺という内容でありながら、どこか哀し気で、恨《ハン》の深みを思わせます。

苦悩にうちひしがれている破戒僧の姿を表わすように、腰はかがめられ、視線も落とされたまま、踊り続けられます。リズムの多様な変化は、内面の葛藤を表わし、無彩色の僧衣と肩に垂らされた袈裟の真紅、という色の対立は、霊と肉、世俗と超俗の間に揺らぐ心を象徴しているとされています。

黒衣の長い袖を宙に向かって何度も振り上げ、はらっていく動作は、飛翔と解脱を願う祈りの表現であり、思いの強さは踊りのクライマックスの部分となる大太鼓の音にこめられていきます。そして最後に、チャンサムという黒衣を脱ぐ場面で、再生への意志が示されますが、再生のイメージとはかけ離れた、哀愁のこもったうら悲しい伴奏の音色と、動作は、僧舞を人間一般のドラマとしてとらえられる普遍性を暗示していると考えられます。

挫折の再生も、葛藤もその克服も、すべてが恨の連なりである人の生の一こまにすぎないと見る、〝今〟を中心とした巫俗の思想を、僧舞の中にも読みとることができるようです。

サルプリ

クッの最後の部分に当たる、神々を送り出す祭次に踊られるのが、サルプリの舞です。サルプリの〝サル〟には、煞、という当て字があり、この文字が、殺、という漢字の俗字であることを見てもわかるように、不運や厄難という意味がふくまれた、生の中で重ねられる恨《ハン》と理解できるでしょう。その〝サル〟を〝プリ〟する。〝プリ〟とは、解く、解きほぐす、解き放つと訳すことができます。

恨を解く踊りとされているサルプリは、クッが無事に終わったとして、神々や祖霊たちに対する感謝の思いがこめられていると同時に、基底には、時と場を共にした神々を送り出す、別離の哀しみが表現されています。

三メートル近いスゴン（手巾）は、あの世とこの世とをつなぐ長い命のともづなとされ、また一方では、生き行く者の長寿を祈るという意味があるともされています。

チマチョゴリも、スゴンも白。クッの終わり、すなわち、非日常の時間と、これから始まり続いていく日常の時間との境にあって、浄化への祈りと恨を解こうとする願いが、白という色に象徴されていると言われています。

恨とは、決して宿命や環境に対する呪詛やうらみ、とだけ解釈される言葉ではないようです。

韓国文化が語られる時、よくこの言葉が使われますが、恨とは、愛という言葉の同意義語とも理解できるかも知れません。不幸な歴史の中で、人一倍愛に対しての思いが強いからこそ、やりきれない哀しみを、祖先たちは、恨、と言い表わしてきたように思えます。

韓国舞踊の代表的なものとして、サルプリが一番にあげられるのは、この踊りに、哀しみすら生き行くことの覚悟と力にしてきた民族の恨が、よく表現されているからに違いありません。

3

文学と文化について

愛を知り生の意味を確かめる

愛とは、人、自然、すべての対象について、それらの欠点でさえも美徳と感じられる心をさすのだ、と多くの偉大な先達たちが、表現こそ異なれ、ひとしなみに語り伝えてきたように思う。

書くことも、描くことも、音を作り出すことも、皿を洗うことも、車の運転も、掃除をすることも、すべて愛を知り、生の深い意味を確かめる営為なのではないか。

武田泰淳先生の仕事は、ある時には直截に、またある部分では遠回しに、そのことを示唆している気がする。

道のりは長く、つらくとも、ひるまずに生きて行きたい、と思う。
次の作品をすすめたい。

『快楽《けらく》』（『新潮現代文学24』一二四〇円）
『司馬遷』（講談社文庫　三四〇円）
『ひかりごけ』（『ひかりごけ・海肌の匂い』所収　新潮文庫　二八〇円）
『風媒花』（講談社　七四〇円）
『富士』（中公文庫　六八〇円）

＊文中の本の定価はいずれも初出当時のもの。

対談

湖畔にて　大庭みな子

大庭…きのうの夜、あなたの舞踊の会を拝見しました。韓国巫俗伝統舞踊の世界。

李……ありがとうございます。きのうは午前中リハーサルをして、一時から三時までが昼の部。夜の部は一般向けでしたが、昼の部には、私の出身校の吉田高校の生徒さんたちが、集まってくれました。

大庭…あなたは、この富士吉田市のご出身でしたものね。それにしても、激しい運動なのですね。

李……ええ。昼の部が終わったところで、もうぐったりとしていたのですが、まだこれから夜の部もあるんだ、と思ってはっとするという感じでした。

大庭…とくべつな発声法がありますでしょ？　あれがとてもおもしろかったわ。

李……伴奏曲の中に出てきた声ですね。あれはパンソリという韓国独特の語り歌の発声法です。

大庭…ふつうの歌とは違って、何か叫びみたいだけれども……。

李……人の声を、一種の独立した楽器として使っているのです。

大庭…能で太鼓などを打つときに「ヤー、ター」と言うでしょ。あれを思い出しました。照明や音響の効果も良かったですね。

李……じつは妹がファッションショーのマネージメントの会社に勤めているのですが、妹や会社の方々がプランナー、演出、その他、裏の進行を全部してくれました。

大庭…最初が華やかな衣裳で、最後が真っ白という構成もよかったし。

李……あれは決まった衣裳なのです。最初の踊りの不浄《プジョン》ノリというのは、雑鬼や悪神たちを追い払って、巫俗の儀式であるクッを行う場を清める踊りなのですが、あのとき着けていた衣裳の色は、韓国では神様たちの好きな色だといわれています。赤と紫に近い紺ですが、神々をその色でクラクラさせてしまうのです。

大庭…そういうことを伺うと、また違うおもしろさが出てきますね。

李……ただ悪神を追い払うのではなく、儀式を共にできないその神女の立場になって、悲しんだり、なだめたりするという意味があります。こういうところが、韓国の巫俗思想の特徴ですね。

大庭…舞踊の解説のようなものが、プログラムに載っていましたがあなたがお書きになったのですか?

李……ええ。

大庭…とても感心しました、あの解説に。しっかりしたものでしたから、びっくりしました。非常に分かりやすくて、勘どころをみんな拾っていて、いい解説だと思いました。踊りが始まる前に読んだのですが、たとえばサルプリという踊りの解説は、「恨」（ハン）という言葉を中心にして書いていらっしゃいましたね。実際に踊りを拝見して、本当に「恨」というものの積み重ねとか、連なり合いとか、再生といったものが感じられて、いい解説だなと思いました。

李……サルプリという踊りは、クッの最後に神々を送り出すときに踊るのですが、サルは「恨」、プリは「解く」ということで、恨みを解く踊りなのです。ですからクッが無事に終わったのは、神様たちのおかげだという感謝の思いをこめている。それと同時に、儀式を共にした神々との別れの哀しみを表現してもいるわけです。

大庭…私は、恨みというのに関心があるの。私など恨みだけで書いているみたいなものですもの。それ以外にエネルギーなどないと思います。恨みのない作品には、あまり力がない。ただ、それが陰気になってしまうのは嫌ですけれどね。

李……恨みの裏側は、祈りという感じですね。

大庭…ええ、愛憎というのでしょうね。文学に限らず何の作品でも、伸びてくるものには、そういうものがあると思うのです。ごく通俗的な意味の恨みに通ずるようなものとか、思い入れとか、愛への執着とか……。

李……恨みとかおっしゃっても、先生の作品では、許して肯定していらっしゃる。

大庭…一生懸命努力しているけれど……。

李……私は、以前、先生の『啼く鳥の』を拝見していたとき、どうしてもこうも生きることを肯定できるのかと思ったものです。

大庭…肯定ね——。そうしようとは思っていますけれども。私は何故か知らないけれど、青春期など、毎日死ぬことを考えていたことがありました。でも、今はやはり積極的に肯定したいと思っています。祈っています。なかなかできませんけれど……。

李……自分にはこんなに生を肯定できるのか、許せるのか、と考えさせられました。

大庭…当然だと思いますよ。私だって、あなたの年齢では、絶対に許すものかと思っていましたもの。最後まで殺してやる、息の根を止めて、それでもまだ気に入らなくて、踏んづけてやるとか。でも、それではすごく疲れてしまって、かなわないと思いますもの。

言葉ではない言葉

大庭…言葉以前の世界というものがありますよね。それを体を動かして表現したら舞踊だし、音にしたら音楽ということになるのでしょうが、そうなる前にあるものが……。

李……いろいろ考えているのですが、私はやはり、それも言葉だと思うのです。

大庭…言葉、というのはどういうことで？

李……踊りとは、言葉が作られる前に人間があみだした意志伝達の手段とか、言葉以前の人間の動きとか、そういうことを聞くたびに、それは違う、と思うのです。それをどう言ったらいいのか分かりませんが、踊りに関して言えば、私は踊りそのものが言葉だと思っているのです。言葉ではない言葉だと思うのです。

大庭……そうですね、言葉ではない言葉。文学も文章ではない、言語になる以前のものです。それ以前の言葉なのです。踊りであろうと、音楽であろうと同じことで、私はその部分にしか興味がないのです。表現の段階で舞踊や音楽になろうと、文学になろうと、もとにある言葉みたいなものが、非常に重要なのです。ただ、それがなくて文学をやっている人が、案外にいますねえ。それでは文学になっていない。踊りにしてもそうで、その言葉がないのに、体を動かしているだけ、習ったものをコピーしているだけの人がいると思うのです。でも、あなたの舞踊は、そういう言葉を考えていらっしゃる。舞踊をなさるのは、そのためなのだと思って拝見していました。

李……私が韓国で舞踊を習っている先生は、「立っていなさい、立っているだけで踊りなのだから」とおっしゃいますし、「今日は何て饒舌な踊りをするのか」とか、「今日は何故そんなに黙ってばかりいるのか」というように注意をされます。

大庭……それは、本当にいい言葉ですね。

李……すごい言葉だと思っています。

大庭……ひと昔前に演劇のほうで、スタニスラフスキーの「公開の孤独」という言葉が、非常にはやった時代がありましたが、これも同じような言葉ですね。確かに、おしゃべりになりたいときがあると思うの。富士山に向かって叫びたいとか、あの雑木林に向かって叫びたいとか、そういう叫びみたいなものが自然に出ることがある。でも、どんなにたくさんしゃべっても、何も言っていないこともあるのね。あなたは、小説だけでなくて、踊りもお続けになるつもりなのでしょ？

李……はい。

大庭…いいですね。もちろん文学もなさったらいいでしょうけれど、自然になさるほうがいいですね。

李……でも、舞踊などしていますと、今度はいつ書くのかとか、次の作品はいつでるのかとかおっしゃる方もいらっしゃるのですよ。私は賞をいただくために書いたわけではないのに、とたんに、受賞第一作はいつ、という話になって、何か変な気持ちです。こんなことを言ってはいけないと思うのですが、『由熙』だって書くのに二年かかったのだから、何故二年待って下さらないのかと、ちょっと愚痴っぽくなってしまって……。

大庭…それが本当なのでしょう、きっと。できれば、それがいちばんいいのですよ。体が自然に動いてしまうみたいな、そういうときでなければ、書いたって無意味ですもの。ここで飛び跳ねなければいけないと思って跳ねたって、本当の舞踊にはならない。文学も同じですよ。自然に書かざるを得ない、という感じになって書かないと、文学の資格はない。『由熙』には、そういうものがありました。その力が、あの作品の良さですもの。

李……でも職業意識というものが……。その言葉が頭の中に浮かぶと、おろおろしてしまうことがあります。

大庭…本当は、職業意識を持たないのが、いちばんいいのだけれど……(笑)。持たざるを得ないというのが、宿命かもしれませんね。

李……そのきびしさも大切だろうということは、よく分かります。

大庭…私も身過ぎ世過ぎでやっているから、大きなことは言えないのですが、夢としては、そんなのはあまり良くないと思っています。職業意識から自由になれないのは、悲しいなと思っています。そういうときは悲しいし、良くないと自分で思ってしまうのです。

李……疲れますか？

大庭…疲れるというより、何かいじましくて嫌ですね。そんなふうに、いじましくなりたくない。そうは言っても、生きていくということは、大部分が、そういうことを耐えるということで、どこの分野でも同じでしょう。

大庭…あなたにとって、国語というものは重要なテーマのようですね。韓国語はどうか知りませんが、日本語には人称がありませんでしょ？「どちらへ」と聞くと、「ちょっとそこまで」とか言って、「私は、ちょっとそこまで」などとは言いません。「私は」という主語を使わないのは、「私は」という意識を持っていないからなのだと思います。私は国家主義者ではないのですが、「私」というものを意識しない、そういう感じ方には執着しますね。「雨ですね」と言うときも、英語だと“It rains.”と言うけれど、日本語には“It”にあたるものがない。西洋人は、自分たちとは違う何か偉大な力が、あの雨を降らせていると考えているのよ。

李……そういう発想なのでしょうか？

大庭…そう思います。けれども、私が英語で“It's raining.”とか言う場合は、単に口移しに言っているだけで、“It”なんてあるなどとは感じていない。だからそんなもの使いたくない、とだんだん思い始めるのね。そういう意味では、ものすごく日本語に執着していると思います。ですから、英語を使わなければならないとき、三人称の"s"も何も全部とばして、複数も単数もめちゃめちゃでも、ただ相手に分かればかまわないと思うことがあります。だからいつまでたっても英語が上手にならない。というのは弁解ですけれどね。

李……逆に、日本語の素晴らしさを考えたりはしませんか？

大庭…もちろん愛情はありますが、私はナショナリストではないのです。まあ日本語の直訳みたいな変な英語でも、私は自分自身の感じ方に正直でいるほうがいいし、そのほうが私らしいと思っています。あなたは日本にお生まれになって、日本でお育ちになったから、ほとんど自然に日本語を話していらっしゃるでしょ？　でも、言葉というのは一世代や二世代のものではありませんから、ご両親から受け継がれた、いろいろな感性を持っていらっしゃると思うの。その感じ方を、日本語を使って表現するところが、あなたの作品の命なのよ。アメリカにナボコフというロシア系の作家がいますが、この人の作品には、ふつうの英語にはないような、スラブの感じ方を移しかえた表現があるのではないかと思うのです。アメリカにはスラブの祖先を持った人が多いから、彼の作品を読むと、祖先の血に訴えるものがあって、魅力を感じるのでしょうね。ですから、東欧圏で生まれ育って、英語で書いている人たちの作品なども非常に読まれ、もてはやされている。

李……私の父は、韓国人が全くいない富士吉田という町を選んで、終戦後から住んでいました。当時ここは、甲斐絹《かいき》という織物が盛んで、その行商をして食べていたのです。まわりには韓国人がいなくて、同化しないと生きていけないので、完全に日本人になろうとした。ですから、私が両親から最初に聞いた言葉は、すでに日本語でしたし、まわりには韓国語を話す人もいなければ、キムチを食べる習慣もない。そういう環境の中で育ったのです。

大庭…でも、同じ日本語を使うにしても、何十世代も日本にいた人と、あなたとでは、感じ方がどこか微妙に違うと思うのです。その微妙な違いというのが、むしろ道案内なのではないでしょうか。あなたの作品の中に、いろいろなものに対してカッときたり、韓国に行って、いろいろと苦労する話がありますね。受賞なさった『由熙』では、それが整理されている感じで、生々しさという点では、むしろそれ以前の作品のほうがありますが、あいう感じは、日本人として何世代も育った人には、出せないと思います。あなたの作品には、訴える力があるのです。このことだけは絶対に言いたいという力、生命がある。そういうものがなくなったとき、文学の力もなくなってしまうのですよね。

李……私はよく考えるのですが、人間の生にはX軸とY軸という側面があると思うのです。

いまの先生のお話ではありませんが、血の力というか、代々受け継がれてきたものが縦のY軸で、私という個が横のX軸。自分のことをいうのは気がひけますが、韓国の舞踊の先生は、「やはり血は水よりも濃い、だから日本で生まれ育っても、教えるとすぐに覚えるのだ」とよくおっしゃってくださいます。それこそ本当に違和感もなく、すぐに振りを覚えてしまう。韓国のリズムが、はじめてでもすぐに分かるのです。それは血だと思います。けれども、血は水よりも濃いと言われたとき、嬉しいことは嬉しいのですが、それだけで説明されるのは嫌だ。つまり私というX軸が出てきてしまうのです。私は私のハンで、恨みで踊っているのだからと……。ですから、いま大庭先生のお話を伺っていても、確かにそうだと思いながら、同時に、私はこのX軸としての私として闘い、生きているのだ、と言いたい感じがしました。私しかいない私がいるのだと……。

大庭　それはそうです。そのX軸とY軸の交わるところで、人は生きているのだろうと思います。先ほど、ナショナリストではないと言いましたが、それは、あなたがいまおっしゃった個、つまり生物としての勘みたいなものを、私が大切にしていたいからなのです。鳥は鳥語をしゃべったり、猫は猫語をしゃべったりするけれど、それ以前に、生物としての勘で生きている。ですから、どこの国籍の人間であろうと、生物としては、わりあい公平だと思うのです。私は外国で、言葉が通じないところで長いこと暮らしました。何が何だか分からなくて、林の中で動物と出会ったときのように、ただ目だけを見て、この人は自分に敵意を持っているかどうか、そういう匂いだけで生きてきた。生物としての勘というのは、私の中で非常に重要なものなのです。それは何億年か何万年か知らないけれど、大昔から受け継がれている遺伝子みたいなもので、自分には分からなくても、その遺伝子で、何かをパッとつかんでいるのだろうと思うのです。ですから、たとえば文学にも、非常に向いている人と、向いていない人とがある。向いている人というのは、遺伝子のそういう部分だけが妙に神経症的に残っている人だし、向かない人というのは、それが活発に働かない人だろうと思います。そういう感覚、つまり国語以前の言葉の感覚というのは、持って生まれた力以外の何ものでもないのですものね。その点では、あなたがおっしゃる「私しかない私」というのと、全く同じ感じだと思います。あなたの作品を読んだときも、そういう感じでしか読んでいないのです。あなたが韓国人であろうと、アメリカ人であろうと、私にとっては関係ない。私と同じような感じで書いているということが、私にいちばんアピールしたのです。

言葉の奥にあるもの

李……先生は、外国での生活の中で、日本語での感じ方のままに、日本語を直訳したような英語を使ったとおっしゃいましたが、私の場合、韓国では自分の中の日本語を守りたい、という感じで日本語を使っていました。

大庭…それは当然なのではないですか。でも、日本語を守りたいといっても、たとえば、いつまでたっても韓国語のアクセントが抜けないような日本語をしゃべる方がいらしたら、それを聞いて、あの人はもっとちゃんとした日本語をしゃべればいいのに、というようには思わないでしょ？

李……ええ、いまではそうです。でも、そのことを考えると苦しいのです。小さなころ両親に連れられて大阪の親戚のところに行くたびに、汚いとか、臭いとか、貧しいとか……。やはり目に見えない差別のようなものを感じていました。自分の中にも、そういう朝鮮人の血が流れていることを、知られてはまずいという思いがありました。親戚がしゃべる方言の日本語を聞くと、どうして、きちんとした日本語をしゃべってくれないのかと……。

もしかしたら、屈折した差別意識です。いまでもそういう思いを抱えている二世、三世の方は多いのではないかと思います。

大庭…そうでしょうね。その辺は、私のアメリカの経験とは少し違いますね。日本人と白人では、外見からして全然違うのだから、私は英語ができないということに対して、何の劣等感も持ちませんでした。当然だと思っていたのです。でも日本の中の韓国系の人たちは、見たところ分かりませんものね。あなたの場合、そういった複雑なところがあるから、きっと韓国にいらしたら韓国で切ないでしょうし、日本にいれば日本で、何かイライラすることがあるだろうと思います。

李……でも今は、両方とも愛しています。私は十八歳くらいから民族的な意識を持つようになって、十年前、韓国に留学したのですが、韓国語ができない劣等感よりも、日本語を守りたいという、本能のようなものを強く感じました。そこで、韓国語の「コマプスムニダ」は日本語では「ありがとう」よ、というように、下宿の人たちに教えたりしていました。ところが一歩外へ出て、ちょっと韓国語をしゃべると、「日本から来たの?」と言われる。そうすると、まだ韓国人になれないのかと感じてしまう。とても大きな矛盾でした。その当時、英語に対する嫌悪感がすごかったのです。日本語と韓国語の問題さえ片づいていないのにと思うと、英語なんて見るのも聞くのもいやで、大学で英語の原書を読まなければならないときは、ほとんどアルバイトの人に頼んで、韓国語に翻訳してもらって読んでいました。でも去年『由熙』を書いて、一応、自分の中の『由熙』を葬ってしまったら、本当にすっきりしたのです。それで考えたのですが、英語には罪はない、世界言語になっているだけのものは、やはりあるのだと……。「英語さん、ごめんなさい」という感じで、うまくなくてもしゃべったりするようになりました。本当に、言語には罪はない。韓国語自体に罪があるわけでも、日本語自体に罪があるわけでもないのです。それなのに、言語というものに対して、意味づけや価値づけをしすぎてしまっていたと思っています。

大庭…「ナビタリョン」という作品には、そういうようなことが全部入っていますね。角度は違うけれど、そのことを一貫して言っていらっしゃる。あなたが国語というものに執着するのは、国語がその国の暗号みたいなものだからであって、でも結局は、その奥にあるもののほうが大切なのですよね。

暗号について

李……踊りも暗号ですね。

大庭…それはそうでしょうね。

李……言葉以前の言葉という意味では、暗号です。踊りの振りには、全部意味があります。

大庭…日本の舞踊にも、振りには意味がある。暗号ですもの。

李……日本の舞踊と違うのは、日本舞踊が文学と一緒のものとして育ってきたとすると、韓国の場合は、文学とはちょっと離れています。

大庭…シャーマニズムみたいな？

李……口誦的に歌われた神話の中から出てきた踊りですから。

大庭…国語がその国の暗号であると同様に、舞踊も暗号であって、それは日本の舞踊でも、西洋のバレエでも、同じだと思います。でも、もしも暗号だけで、ほかのものが何もなかったら、たとえば翻訳された文学などは、意味を失ってしまうでしょうね。もとの言語のリズムとか、美しさとか、メロディアスなものが失われたら、文学の価値はないとおっしゃる方もいますもの。にもかかわらず、ドストエフスキーだって、トルストイだって、翻訳にはロシア語の美しさはないかもしれないけれど、やはり心を打ちます。そこには必ずしも、言語のもつ音、メロディアスなものとか、リズムとかだけには限らない、何かがあるのでしょう。舞踊の場合も同じです。暗号だけでなく、それ以外のものがあるのでしょう。

李……そう思います。

大庭…暗号はもちろんあるでしょうけれど、本当の命の部分というのは、そうでないところに、かなり大きくかかっているのだと思います。舞踊の場合、暗号部分が大きい人というのは、あまりたいした踊り手ではないのでしょうね。

李……そうは言っても、人間のもっている勘とか直感の違いによるところが大きいのではないでしょうか？　ある舞踊家を見て、暗号だけで踊っていると思う人がいるとしても、別の人が見れば、涙が出るほど感激するかもしれませんし、また別の人が見れば、その踊りによって励まされるかもしれませんもの。勘と勘との出会いだと思うのです。似た者どうしみたいに、似た勘どうし。文学でも、どうもあの作家の文章は……と私が思っていても、それを一気に読み上げる人もいますもの。

大庭…それはそうですね。そうなると、また生物の勘の問題だわ。その人に生まれながらインプットされている遺伝子が、そのことに適しているか、それを受け入れるだけのキャパシティがあるかどうかということですものね。それに人によって、違うのでしょう。

李……そういう意味では、「性が合う」という日本語は、おもしろいと思います。人間に対して好悪の感情など、持ってはいけないと思っても、どうしても目付きや鼻息が気に入らないとか、合わない人というのがいるのではないでしょうか。ある人の前では、どうしても許容量が少なくなってしまうとか、反対に、ある人とはものすごく仲良しになれたりするような……。それはきっと、持っている勘が違うのでしょうね。

大庭…それはあるかもしれません。森の中で、見たこともない動物に会ったとき、パッと喧嘩になるか、しばらくジッと見てから行き過ぎるか、いろいろありますが、そんなことに理由なんてありませんものね。

李……私は芥川賞の受賞式で、先生にはじめてお会いしたのですが、何かはじめてという感じがしませんでしたし、いつかまた、必ずお会いできると感じていたのです。あせらなくとも、お会いできる人とは、必ずお会いできるのだ、ということを思ったりします。

大庭…あなたは文学と舞踊の両方をなさるので、お話ししやすいのです。同じ文学だけの方ですと、小さな手法とか、そういうことばかり気になって、そちらのほうに話が行ってしまうことがありますから……。本当は、文学論ほど非文学的なものはないみたい。

李……分かります（笑）。

大庭…ですから、文学論ってしたくないの。全然関係ないもののほうが、はるかに文学的なのよ。

李……文学論ほど非文学的である、ということも、私はまた違うと思います。文学論が非文学的だとすると、それもまた結局は文学論になってしまうのですから。

大庭…そうかしら（笑）。そうかもしれませんね。だいたい相反するものは、いつも底のところで一緒になってしまう。でも、あまり結論みたいなものを出さないほうがいい、と私は思っているの。結論を出すと、そこで閉じてしまうから。こんなことが気になっているとか、その程度くらいでいいという感じがします。私は、両極端のものを同時的に考える人間なの。全く矛盾するようなことを、同時に考えている。それは私だけの特徴ではなくて、多分多くの人たちが、そうではないかと思うのです。

李……先生のお話をうかがうと、本当に両極端で……(笑)。それで、とてもおもしろくうかがっています。

大庭…あなたもそうだからではないのですか？

李……でも、先生……。

大庭…先生と言われるのは、あまり好かないわ。

李……韓国ではソンセンニムと言うのですよ。私も韓国に行かなかったら、先生という言葉を使うのに、ためらいがあったと思います。でも、ソンセンニムの直訳だと思うと、全く違和感がないのです。

大庭…そういう考えは、中国を中心にありますね。私はまだ、そういうところに反逆的なところというか、嫌だと思っているところがあるの。

李……反逆という言葉には、ちょっと気恥ずかしいところがありますね。

大庭…本当に、すごく気恥ずかしいわね。でも、本能みたいなものだから仕方ないわ。それがなければ、死んだみたいなものですもの。生きているということは、ある意味では何かを殺していることだから、肯定するということは、同時に反逆することなのよね。否定であると同時に肯定だという点では、言葉というのが、まさしくそうです。言葉は、そのふたつの要素を同時的に持っている。それが言葉の命かしら。片方だけだったら、言葉ではないと思うのです。ですから片方だけ、というものに対しては、あまり関心がないの。

李……人間の体の細胞も、きっと陰と陽があるのでしょうね。人間自体、生きようとしながら死んでいこうとしているのですから……。

大庭…そうね、生というのは、そうなのですよね。破壊と生成のせめぎ合い。その両方がないと、生命ではないのですよね。死ぬものがなかったら、生きられるわけがないのですもの。

李……肉体自体が両極端を抱えている。だから、思考も当然両極端なわけです。

大庭…私は文学以外の仕事に接したときのほうが、その感じをつかみやすいのですよね。文字で表現したものより、絵なり音楽なり、違う手段で表現したもののほうが、言わない部分というのが、大きく見えてくるから。私の文学の生命というのは、文学など関係がない、小説など少しも読んだことがないという人たちから、もらっているような気がします。第一、言葉がそうなのですもの。言葉を、私が発明したわけではないのですもの。

李……私の舞踊の会にしても、踊るのは私ひとりですが、決してひとりでは踊れない。そこには受付の方とか、音響や照明の方たちがいる。私がいよいよ舞台に出ようとすると、楽屋でお弁当やお茶を出して下さる方が、「行っていらっしゃい」と、とてもいい笑顔で送って下さる。その温かさというのが、文学だと思います。文章を書くとか、踊りを踊るとかいうだけのことで、何か特権的になるのは、本当におかしなことだと思うのです。文章を書く人だけが、文学者なのではないのですもの。でも、またX軸、Y軸論に戻りますが、人なくして自分が存在しえないのは確かですが、まず自分が生きないと、人とも生きてはいけないのだという二つの真理。相反しているようで絶えず交差しているこの二つの命題に、いつもぶつかって困ってしまうのです。

大庭…そういうものなのではないでしょうか。本当に、同時的なものなのではないですか？

李……そういう感じなのですね。先生がよくお書きになっていらっしゃいますが、どこからくるか分からない力が、人間を支配している。それが不思議ですね。

大庭…不思議です。

新しさと流行

大庭…あなたはいま民族舞踊をなさっているけれど、きっと創作舞踊のほうにいくのではないかと思いました。そういう方面に、興味がおありでしょ？

李……あります。昨日のサルプリなのですが、あれをバッハで踊りたいと思って、今作っているのです。創作舞踊というと、韓国舞踊と西洋のバレエを混ぜて踊る人たちも多いようですが、私は古典とか過去にこだわりながら、西洋、東洋を突き抜けたいという気持ちがあります。

大庭…あなたは、過去にこだわったら、すごくいいわ。作家は、本当は昔のことを書いたほうがいいと思うのですよ。

李……当たっていますね（笑）。

大庭…何故そうかと言うと、昔のもの、古いものしか新しくないからなのよ。いまあるものの大部分は、なくなってしまうのですもの。天才と呼ばれる人には、いまの中から後に残るものをつくる力があるし、私だって本当は、それをいちばん夢みているけれど……。

李……古いものには、いまの目で見れば奇想天外なものもありますが、そうではなくて、当たり前のことだったのですよね。いまとはシチュエーションが違うだけであって、基本的なものは同じなのです。ですから、とくべつに「過去」などということもないのです。

大庭…要するに、大昔のことで何だか気にかかるものは、つねに新しいのね。新しい流行が始まることに、否定的なわけではありません。けれど多くの流行はすぐ古くなってしまいます。

李……でもそれこそ、流行にも罪はない、と私は思います。流行の中にも、過去のメッセージが込められているわけですし、何よりも、人間のしている行為と現象という意味で簡単に裁けないと思います。

大庭…そうですね。流行というのは、いままであったものに対する反撃のような形で出てくるのですから、その部分は確かに新しいわけですよね。でも、ほとんど同時にそのコピーが氾濫してしまうから、すぐに古びてしまう。だから、発生期においては、非常に新しいものがみなぎっているのに、たいていの人が流行だと感じる段階になると、古くなっていることが多い。

李……流行がどう変わるかは、結局は歴史が決めるのだと思っています。歴史であるY軸の厚みは、X軸に支えられ、X軸の意義や生命力は、Y軸の確かさによって支えられていく。

大庭…振り子というのか、つねにそれが交差している。その連続なのでしょうね。

＊小説家の大庭みな子（一九三〇〜二〇〇七年）と著者は一九八九年に対談をおこなった。

恨とほほえみ

大庭〔みな子〕さんの、ある瞬間に見たほほえみが忘れられない。

そのほほえみは、その時の声や視線の動き、テーブル越しに見た肩の線などとともに、私の記憶に今もはっきりと刻みつけられている。

ちょうど二年前の秋の日のことだった。

山中湖畔のあるペンションで、大庭さんとお会いした。その日の前日に、近くの富士吉田市で私の韓国舞踊の公演があった。そこに大庭さんも観に来て下さり、翌日、対談という形でお会いすることになったのだった。

独特ななまめかしさを感じさせる方だ、というのが、初めてお会いした時の私の第一印象だった。お目にかかったのは、その日が二度目だったが、第一印象は変わらず、前よりもなまめかしさというしかない独特な雰囲気にうたれ、謎解きをするように大庭さんに見入ってしまったことを覚えている。

私は人に会うと、その人の表情とともに、肩の線やその微妙な動きにも視線が行く。呼吸のリズムや深さの度合いが、肩によく表われているように思えるからだ。

肩の表情は、顔の表情以上に豊かでこまやかな時がある。口許の動きも声の質もまなざしの奥行きも、肩の表情と一緒に感じとれば、その印象はもっとふくらみ、あざやかになる。

大庭さんは、公演のパンフレットに私が書いた舞踊の解説文のことについて話された。その中でも特に、サルプリという踊りの説明にあった「恨《ハン》」という言葉に、大庭さんとしての思いを重ねられ、踊りそのものからも何かを感じとって下さったようだった。

「あの解説を読んで、実際に踊りを拝見して、本当に恨というものの積み重ねとか、重なり合いとか、再生といったものが感じられて、いい解説だなと思いました」

大庭さんはそうおっしゃって下さり、しばらくあとで続けられた。

「私は、恨みということに関心があるの。私など恨みだけで書いているみたいなものですもの。それ以外にエネルギーなどないと思います。恨みのない作品には、あまり力がない……」

忘れられないほほえみを見たのは、まさにこの時のことだった。恨みという言葉と、その声に重なるほほえみは、丸くおおらかな肩の線のなまめかしさとともに、私の脳裏に焼きついた。

それは、その瞬間、私の内面で起こったある思いが、私自身にとっても大切な意味を持っていたことだっただけに、ますます忘れ得ない思い出となっているのだと思う。

正確に言えば、「恨《ハン》」と「恨み《うら》」は違う。

けれども、ことこまかに音の違い、意味の違いを強調する必要がどこにあるだろう。民族や、あらゆる立場の違いをこえて、個々の人間にはそれぞれの「恨」があり、その人なりの解釈と感じ方で捉え得るものなのだ。

私は、はっとさせられていた。

ひるまずに、感じたままを素直に自分の言葉として消化し、その言葉に一層の力と余韻を与えていく大庭さんの大胆さ、あるいは作家らしさに、気圧されていたと言っていい。

「恨みの裏側は、祈りですね」

と私は言った。

「ええ、愛憎というのでしょうね」

大庭さんはおっしゃり、私はうなずいた。

語られていることは、韓国語でも日本語でもなく、けれども言葉にしたなら、「恨」や「恨み」としか表現できない何かだった。

やはり肩だ。

呼吸の中にこそ、人それぞれの「恨」は息づき、見えない呼吸のリズムが、目や口許の表情をふちどっていく。

「恨」はほほえみに通じ、ほほえみの中にその深い意味を映し出していくのだろう。

その日以来、お会いする機会はないままだが、こう書いている今も、大庭さんのあのほほえみが忘れられない。

私の「ゲーテとの対話」

今年［一九九二年］の春までのほぼ十年間、私は韓国のソウルで留学生活を続けていた。たまに地方を旅行する時以外は、ソウルを動いたことはなかった。その上、私の行動範囲は限られ、大学と韓国舞踊の稽古場とそして下宿、というふうに三箇所を巡っているのが殆どの日課だった。

そういう生活の中で、片時も離さなかった、と言えば大げさになってしまうが、ソウルでの留学生活を支えてくれた心からの愛読書は、岩波文庫から出ているエッカーマンの『ゲーテとの対話』（山下肇訳）だった。

留学することを決意した頃、本屋でふと手に取り、何気なく目を通していくうちに、その場で身動きできなくなるほどこの本に夢中になってしまった。自分でもそういう自分が意外だったことをよく覚えている。まさかゲーテにこれほどひかれるとは想像もしていなかったからだった。

『ゲーテとの対話』に引きつけられ、そして引きつけられ続けてきた理由を、私は今もまだ、明確な言葉で説明することができない。理由を表面的に辿っていくことは簡単なことのようだが、単に知的な欲求や関心だけで読んできたのではなかっただけに、やはり難しい。

民族的アイデンティティの確立、という言葉をまるで呪文のように口にし、生まれ育った日本と、自分の身体に流れている血の根拠としての母国、その二つの国の間にあって自分の生き方をまさぐっていた頃、私はゲーテに出合った。

出合ったのは、他の作品を書いたゲーテではなく、『ゲーテとの対話』を通して私に迫ってきたゲーテだった。そして何故か、ゲーテを読んでいることを、私は大切な秘密として誰にも話したくなかった。

多分、エッカーマンも『対話』の日々に感じていたに違いない。この眼差しや、この口調、そしてこの瞬間の表情のゲーテは、自分だけが知り、摑んだものだ、と。だが、それは単なる独占欲とはほど遠いものだ。私にとっても、私が知ったのは、ゲーテというより、ゲーテの言葉に胸を揺さぶられていることをも含めた私自身だった。エッカーマンもきっと同じような気持ちで、『対話』の記録を書き重ねていたのではなかったかと思う。

ソウルで暮らした十年の間に、『対話』を通して、私は新たに『ファウスト』と出合うことになった。それまで、私は『ファウスト』に対しては、あんなものは悲劇ではないと言い放ったニーチェほどではもちろんないにしても、人間の欲望や、グレートヒェン、ヘレナに象徴される女性性の原理への賛美と救済を描いた作品として、心のどこかで軽んじていたところがあった。民族とは、国家とは、そして自分自身のアイデンティティとは、という課題ばかりで頭が一杯だった私にとって、そういう文学的なテーマは二次的なこととしてしか捉えられなかったのだ。

しかし、『対話』で浮かび上がってくるゲーテ晩年の姿や思想は、丁度『ファウスト』の完成期に当たっている。『ファウスト』に対する読み込みなくしては、『対話』でのゲーテを理解する場合、片手落ちになってしまう。

《つまるところ、われわれは自分のこしらえた人間にひきまわされることになるんです

ね》

『ファウスト』第二部の、中世風の実験室の場面で、メフィストーフェレスは言う。

一八二九年十二月六日に、ゲーテはこの実験室の場面を直接朗読し、エッカーマンと『対話』している。

この詩句は、私を考え込ませた。他人事とは思えず、身震いをさえ覚えた。

――自分のこしらえた人間……。

人間が、自分のこしらえた人間というものにひきまわされ、苦しむという真実に共感するのは、例えとしてゲーテが言っている多くの部下をもった高官や、子供をもった親たちのような具体的な場合だけではないはずだ。

人間は、人間自身が作りだした人間という亡霊、あるいは人間という概念に苦しんで来たのではなかったろうか。それに加えて、人間は、亡霊じみた人間が作りだした集団という亡霊にも、ひきまわされ、苦しめられて来たのではなかったろうか。

ソウルにあって、生々しい母国の姿に接しながら暮らしていた私は、日本にいた頃に作り上げていた〈自分のこしらえた母国〉と、現実の母国との隔たりを、日々、突きつけられていた。理想と現実の乖離《かいり》、と一言で言ってしまえば簡単なことかも知れないが、その乖離は、自分が果して何者なのかという問いに直結して行くものだった。

もしかしたら、自分は〈自分のこしらえた母国〉だけでなく、この自分自身にもひきまわされているのではないだろうか。自分は韓国人であり、韓国人でなければならず、また韓国人でありたい、という〈自分のこしらえた自分〉に、自分自身がひきまわされているのではないのだろうか……。

枕元に『対話』を置き、読みふける毎日が続いた。大学に行く時にもカバンの中に入れ、舞踊の稽古に行く時には稽古着を入れたバッグにしのばせ、暇をみてはページを開いた。鼓舞される言葉ばかりではなかった。気になる言葉もあり、時には思わず反論したくなってくるような言葉もあった。それでもソウルでの、私の「ゲーテとの対話」は続いて行った。上、中、下巻のうちの、中巻の一冊をまるで宝物のようにしていた時期もあった。

《未来の自分が偉大なエンテレヒーとしてあらわれるためには、現在もまたエンテレヒーでなければならない》

自立的な個性とその生産的な力であるエンテレヒーを強調しながら、ゲーテは言う。そして、宿命というものを全き人間として信頼し、肯定していく。だが、ゲーテはあくまでもリアリストだ。

《現在、存在しているものについてそれ以上のことはいわず、そこから自分の倫理的な向上と強化のために役立つものを身につける方がはるかによいことだ》

そうゲーテは言い、違う日に、だから、何故、と事物に対してその目的を問うのではなく、どうして、と現象の至り来たった根源を問え、と言う。

人間という存在の誕生についても、自然というものはつねに豊かであり、浪費さえもいとわない。人類は自然によって、たった一組のあわれな夫婦どころか、一度に何ダースも、いや何百人もの人間がこの世に送り出されたと考える方が自然の意にそっていると、おおらかに言いきっている。

色彩論や植物・鉱物学などに関する専門的な議論以外は、ある意味ではゲーテではなくても言い得るような当たり前の言葉も多い。だが、私は、『対話』の中のさまざまな言葉を通してゲーテに励まされ、私なりの「ゲーテとの対話」を重ねていった。

《詩人は、人間および市民として、その祖国を愛するだろう。しかし、詩的な力と詩的な活動の祖国というものは、善であり、高貴さであり、さらに美であって、特別の州とか特別の国とかにかぎられていはしない》

一八三二年と記されている中巻の終わり近くで、ゲーテは言う。

日韓、あるいは韓日、という二つの国だけにとらわれている自分の思考の厚みのなさを、私はゲーテの前でだけ、秘かに恥じてもいたのだった。自分の血、自分の民族へのこだわりは変わらない。けれども、そのこだわりにゲーテの言う、詩が息づいていなければ普遍性を持ち得ることはできないのだ、と私は自分に言い聞かせていた。

人は、〈自分のこしらえた人間〉にひきまわされる。こしらえた観念や幻想に自らが足を取られ、もがき苦しむ。

だが、たとえこしらえた観念としての人間や、あるいは民族、国家であるにしても、それを通してしか、人は何も学び得ないのではないだろうか。

同時に人は、〈自分のこしらえた人間〉によってこそ勇気づけられ、生きることの意味を知らされても行くのだ。

私にとってのゲーテも、〈私がこしらえた私だけのゲーテ〉なのかも知れない。

私たちのＤＩＳＣＯＶＥＲＹを求めて

真の「発見」とは？

今年〔一九九二年〕、「大陸発見五〇〇周年」を迎えたアメリカでは、自分の国の成り立ちについて、さまざまな議論が交わされているという。

それは、コロンブスによってアメリカ大陸が発見されたとされている一四九二年という年が、果して本当の意味で「発見」の年だったのか、という疑問から始まっている。「発見」したとするのは、それ以前にそこに住み、生活していた人々を、傲慢な優越意識で不当に無視している考え方なのではないだろうか。

この議論は、西欧的な思考を上位に置き、正しいとみなしてきた世界史への問い直しという課題も含まれている。

異質な文化が交わる今

人間がこの地球上に生を受け、人間としての営みを始めたわたしたちの遠い祖先の時代から、人類は新たな文化と出合い、それにともなう文化変容を数知れず繰り返してきたように思う。

文化が変容していく過程には、歴史の表面には現われにくい葛藤や摩擦が、必ずつきまとう。時には民族や国家間の、誤解や屈折した感情をあおることにつながり、それが悲しい結果を引き起こした歴史もある。

しかし、文化変容という現象を政治的な文脈でのみ否定的にとらえたくない。そう考えているのは、わたしたちだけではないはずだ。

ひとつの文化が他の文化と出合うことで、相手の文化を多様な方法で吸収し、新しく力強い文化が作り出されていくことも多い。葛藤こそがバネや力となるのだ。

「国際化」という言葉が、日本で頻繁に取り上げられるようになってきたのは、ここ数年間のことだ。

だが、国全体としても、日本人の一人ひとりの考え方としても、この言葉を裏付けるような変化があったのか。疑問が多い。

今、日本は、文化変容を日本なりに受け入れ、消化していかなければならない状況に直面している。時間をかけて、より豊かで、よりたくましい文化が、新たに息づこうとしている過渡期の渦中にあるのだろう。

出会いを創造の力に

人は、ひとりでは決して生きていくことができない。同時に、人は人と共に生きずには、自分自身の姿さえも見つめることができない存在でもあるのだ。

そしてその真実こそが、今日まで絶え間なく、人間に文化を生み出させ、さまざまな形の変容を経験させてきたのだろうと思う。

文化の出合いは、人との出会いを意味している。異質な文化との出合いを、新たな文化創造の力とできるかどうかは、出会った者同士が、どれだけ互いを深く理解し合うことができるのか、ということにかかっている。

それぞれが共にあり、共にあろうと努力してこそ、わたしたちは心からの友人と出会うことができる。これからも、わたしたちの交わし合う声の響きや日々のあり方が、必ず新しい歴史を作り出していく源になっていくだろう。今こそ、わたしたちのわたしたちらしい『ＤＩＳＣＯＶＥＲＹ』が、問われているのに違いない。

4

はざまを生きることについて

わたしは朝鮮人

壊れていく家庭

私は在日朝鮮人二世である。現在二〇歳だが、今日までの私の歩みを語ろうとする時、自分が、朝鮮人、李良枝を名乗るようになった過程を語るというかたちでこの手記をすすめていかざるを得ない。なぜなら、私が朝鮮人であることを意識しだしたのは高三の時、すなわちつい二年ほど前のことであり、それ以前の私といえば、現在の自分のありようを夢想だにしなかったからである。

私は山梨県で、二人の兄のあとに長女として生まれた。父は一七歳の時に朝鮮から日本に渡ってきて母と結婚し、裸一貫からようやく並の生活を築きあげつつあったころだった。しかし、私が生まれるほんの少し前までは、唯一の寝ぐらが駅のベンチだったというほど、その生活は貧乏きわまるものだったという。田舎であり、親類縁者もいないところで、どこの馬の骨ともわからぬ朝鮮人夫婦が、何の差別も迫害も受けずに過ごせるわけがなかった。父の腕の傷はいまでも父自身、思わず顔をゆがめるほど、私が想像するに余りある何かを鮮明に物語っている。

父母はそれ以来、日本の文化・生活に少しでも迎合し、日本人からの信頼を得ることがこの日本の地で生きていくためには不可欠だと考えて、つとめて日本式の生活になじみ、また子どもたちへも日本人としての教育をほどこしていった。そして私が九歳の時、父母は日本に帰化していくのだが、私はその行為自体を取り上げてうんぬんし、両親を責めることはできない。当時九歳だった私は、不本意にも自動的に帰化してしまったわけだが、だからといって私が朝鮮人であるということにはまったく変わりはないと思っている。父母がこの日本において、私の知らぬ重い歴史を背負ってきたことを考えれば、「帰化」という不自然な状態を強要し、私のような在日朝鮮人二世を生み出してきたのは、ほかならぬこの日本だと考えるからである。

「帰化」などしなくても在日朝鮮人の権利は当然保護されなければならないはずだ。それは近代の朝日の歴史、そして在日朝鮮人の形成史を見れば、どのような弁解をも許さないことは一目瞭然である。しかし、にもかかわらず「帰化」という事実の中に身をおかざるを得ない私、結局その私が最終的に問われることは、以後私がどのような視点で事実を理解し、社会的に自分自身をどのように位置づけ、さらにそれらを発展させて、いかに実践的・創造的に生きていくのか、ということに帰結するのだと思う。

さて、五歳のころの私はレンゲ畑の中を駆けまわっていた。すぐ下の妹が生まれて、兄たちと妹の子守りをしながら一日中とびまわり、家に帰ると野いちごがザルいっぱいに取ってあって、それらを分け合いながらまたレンゲ畑へ、という毎日であった。そしてもうそのころから、何でも一人でやりだすという性格だったようだ。

保育園に行き始めると、私は定期券を持って一人で遠くの保育園に通った。母が行き帰りを心配しても少しもこわがる様子はなかったという。五歳になって、そこからさほど離れてはいないところに引っ越したが、今度は銭湯に一人で行き始め、洗面器に浴用の道具を入れて、帰りにはちゃっかりジュースを飲んでくるというありさまだった。

幼稚園の時、父に教えられて漢字の簡単なものぐらいは読み書きできるようになっていたせいでもあろうか、小学校に入学した私は、学校の勉強がおもしろくなく、少しも成績がよくなかった。しかし、活発で明朗という性格は、いつも私を目立った存在にしていた。先生にすぐ用事を頼まれるのはいつも私であり、私の周囲にはいつも誰かが集まっていた。小学校五年の時、私は演劇をつくって先生に大いにほめられたことがある。いま思えば苦笑するばかりだが、自分で脚本を書き、主題歌までもつくって大まじめでやっていた。クラスの女の子を放課後集めて、自分が監督となって大いばりだった。そして、授業の時間をもらって公演したのだが、クラスのまとまりがたいへんよくなったと先生にほめられ、私はリーダーとしてますますみんなに認められるようになった。

しかし、家では憂うつであった。両親の不仲は久しく、じりじりとくすぶりつづけていた。それは私が小学校五年、ちょうどいちばん下の妹が生まれた時、一時静まったかのように見えたのだが、相変わらず陰湿な空気が家中をとりまいていた。けんかなら思いきりやりあって、その後さっぱりとしてほしいのだ。何度も何度も離婚の話が出て、そのたびに親族会議が開かれるのだが、子どもたちのこと、その他さまざまなことが障害になって、何の解決もなされないまま妥協を繰り返していたのだった。

以前から、父は東京に仕事場を持ち、週に二日ほど家に帰ってきていたが、それは子どもに会いに来るというだけで、別居同然の状態であった。とにかく中途半端なのである。そういった中にあっても、毎週日曜日には車で一家遠出をするという生活であった。もちろん、両親は子どもたちの前では何とか平静を装った。しかし、にじみ出る暗さはおおうべくもなく、一つひとつの会話にそれははっきりと現われていた。子ども心に「別れてほしくない」というのは正直な心情ではあったが、いっそのこと父と母が顔を合わせなくなったらどんなにいいだろう、と私はいつも考えていた。

泣きあかす夜

私は人が黙っていることがたいへん恐ろしかった。何でもいいからとにかく笑ってくれていれば安心できるのである。まわりがちょっとでも気づまりになると、私がいけないことでも言ってしまったのではないか、何かおこらせてしまったのではないか、と本気で考えこんでしまう。私も含めて、人間は笑いたくない時には笑わないものだ、ということがわかり始めたのはつい最近のことである。暗い家庭環境にはぐくまれた私の当然の産物だと言えばそれまでなのだが、現在もそのような自分に悩む時、私は小・中学校時代のまったく陰と陽の生活を思い起こすのである。

私は、父と母の間にいる時、たえず身の置き場のない自分と、そしてたえず私を圧迫する何かを感じずにはおれなかった。そのくせ空気の重さ、父の沈黙が何とも言えぬほど悲しく、その上恐ろしいものであったから、まったくつまらない話をして始終道化ながら、その瞬間を通り越せば一人でホッと胸をなでおろすという具合だった。

父が久しぶりに帰ってくる。母は口もきかない。黙々と食事をして、その後テレビを見ている時、父は姿勢をテレビに向けながら、じっとこわい目で母をにらんでいることを、私は知っていた。心はひねくれ者のように上目づかいをしながら、「おとうさん、きょう学校でね……」と一生けんめい話しかけた。笑ってほしかった。何でもいいから口をきいてほしかったのだ。そうした気づかいも、している瞬間は何やら胸がいっぱいで、さほど苦痛ではなかったように思う。しかし、部屋に戻って一人きりになると、こみあげてくる嫌悪感はどうしようもなかった。ああ、このような気づかいには耐えられない、父母の罵言のあびせ合いはいつまでつづくのだろうと、朝まで眠れず泣きあかす夜があった。

中学に入ると、私の成績はたいていクラスのトップだった。〝できる子〟、活発で明朗な子、先生にすぐ用事を頼まれる子——の評価は小学校時代と変わりはなかった。しかし、私の小心さはますます首をもたげだし、些細なことを真剣に悩んでいた。それは教室外の廊下、または階段で先生に会った時、自分がどういう態度をとったらよいのか、といった、人が聞けばまったく失笑を買ってしまうようなことであった。階段などでふとふり返って、下から先生が上がってくるのを見つけると、私は立ちどまってもう歩くことができないのだ。順序として、後から来た者が下方にいるのはあたりまえのことである。しかし、先生の上方を歩いていることが、私にはまったく失礼千万に思え、まっ赤になって立ちすくんでしまうのだった。

廊下を歩いている時もそうだった。前から先生が来るのがわかると、近づいてくるまでどきどきしながら気づかぬふりをするか、下を向いて歩き、すれ違うときにやっと安心しておじぎをする、というのが常だった。先生がいることにすでに気づいていながら、普通に顔をあげて歩くことがまったく礼儀知らずに思えてしかたがなかったのである。

また、生徒間に人気のない先生が授業を終えて悲しそうな後ろ姿で教室を出ていくのに胸がつまり、とりとめのない質問をしたり、話しかけたりした。私はけっして自分だけよい子を装うつもりで、そのようにふるまったわけではなかった。ただそうせずにはいられなかっただけなのだが、その気持ちをわかってくれる友人は一人もいなかった。私の方も、頓着なく平然としていられる友だちの感覚がよくわからなかった。しかし、そういう友だちを、私は強いと思った。私はまるできげんをうかがうように友だちに話しかけ、いつも陽気にふるまうのだった。

このころから読み始めた太宰治は、そのような不安定な心境が反映したためか、文体にすいこまれるように、私はとりこになっていった。中一の初めのころであったから、約一年かけて太宰治の全集の大部分を読んでしまったことになる。

しかし、ようやく私も自分の中の何かを切り捨てられるようになっていった。性格がまったく変わったわけではなかったが、そのころになると、人が感じていることが少しずつわかるようになり、最低限自分の感じ方を固持しながら、人の感じている感じ方を許せるようになっていったのである。いや、人間関係というものはそういった前提の上に成り立っているということに気づいた、と言った方が当たっているのかもしれない。とにかくそんな煩悶の中で、私は中三を迎えていた。

文学に救いを求めて

太宰治にはじまって、私は次々に本を読みだしていた。トルストイ、ドストエフスキー、モーパッサン。詩人ではたとえばホイットマンを読み、そこにうたわれた開拓者たちの勇敢さに感動しながら、片方では中原中也の浪漫主義にため息をついていた。それは、さまざまな本を片っ端から読んでいったにすぎなかったが、学校や家でのうっとうしさから逃れるには最上の手段であった。未知の言葉にふれると、それらをノートに書きとめ、心をうたれた文章にふれると、また書きとめるというふうにして、それらがまるであたかも自分がつくり出した言葉でもあるかのように錯覚し、胸がいっぱいになるのだった。しかし、勉強もやった。中学卒業のまぎわにやった統一テストでは、地区で一番をとったりもして、高校には難なく入ることができた。

私の入った高校は、普通高校とはいってもその地域性が影響して、学校全体をあげて受験にとりくむ、という学校ではなかった。特別なことは何もない学校。私は漠然と大学進学を考えながら読書に夢中になっていた。

高一の時、こんなことがあった。その年の芥川賞は古井由吉の「杳子」であったが、その作家のことを現代国語の先生にいい作家だと話していたら、その一週間後に芥川賞の発表があり、先生も知らなかった作家を、私がすでに認めていたというので、大得意になってしまったことがある。しかしすぐまた、評論家先生よろしく、知ったような顔をして話していた自分が恥ずかしくなり、興ざめた気分になってしまった。

そして、その年の秋ころであった。両親の不仲は予想通りとどまることなく、とうとう離婚訴訟が始まった。兄二人はすでに東京に出ていて父の近くに居住し、それぞれの生活を営んでいたから姉妹三人と母、女ばかり四人が山梨に取り残されたかたちで、家はまっ二つに分かれてしまった状態であった。母はうなだれ、私たちは泣くばかり、家中途方にくれていた。身内もいない田舎で、親身に相談にのってくれる人もなく、母はけっして表情に出す人ではなかったが、その苦悩は想像を絶するものがあった。毎日のように弁護士と会う。私は子どもとしての無力さを痛感し、だからこそ早く仲直りしてほしい、早く裁判なんてやめてほしい、という素直な気持ちで、大人顔負けに弁護士との打合わせにも加わった。そうせずにはいられなかった。

しかし、何かが狂っている。何かおかしい。結局、私たち子どもが泣けば両親が仲直りをするのだろうか……。じっさい会う大人たちはすべて私たちに泣くことを要求しているのだ。いったい子どもとは何なのだろう。今日まで事態をスムーズにいかせなかったのは、子どもである私たちがいたから、という事実がある。では、夫婦とは何なのだろう。二十数年間、二人でたどってきた歴史をお金をもって清算するということ、そして、同時に子どもも。いったいどういうことなのだろう。悲しい疑問ばかりであった。

そのような時に、父は私たちと会うために、学校が終わる時刻をみはからって校門で車に乗って待ち伏せていることがよくあった。まったくおかしな話だ。しかし、私はむげに父の行為を拒むことはできなかった。妹たちを迎えにいって、いっしょにドライブをしながら食事をした。母には秘密で、そういうことが一ヵ月に三回ほどあった。車に乗っている間、妹たちは父をあからさまにとがめながら、感きわまってよく泣き出し、私も「どうして私たちを生んだのか！」といわんばかりに、恨みつらみを泣きながら訴えた。家庭内の空気は絶望的であった。

「朝鮮人であること」との直面

私はよく学校を休みだした。何となく無気力で、また何となくむなしく、いったい何を考えていたのか、一日中ボケッとしながら部屋にこもっていた。二年生に進級した私は、私大進学系のクラスに入った。国立でも私立でも一流校をねらう場合、国立進学系に入らねば受験水準にほど遠い学校であったから、大学進学を目標に張り合っていたライバルともバラバラになると、私はすっかり勉強もしなくなってしまった。

成績は落ちていく。学校はさぼる。私は決して優等生ではなくなっていた。箏曲部に入っていたが、好きな琴もなんとなく惰性でやっているような感じだった。ただだらだらと時間割り通りに事を終え、つまらぬおしゃべりに興じて、緊張感などまったくなかった。三無主義にみながどっぷりつかってしまっているのだ。そこには腰を上げて立ち上がろうとする気力もなく、それに疑問すら感じる気配もなかった。そして私も、何か一生けんめいやっている人間をみると「赤面する」などと平気で悪口を言い、嘲笑のこもった目で彼らを見ていた。それはたとえば、生徒会活動をしている人であったり、また社研の人であったりというように、とにかくまじめに問題にぶつかっていこうとしている人間たちであった。

しかし私は、そんな自分の方がよほどみっともない存在なのだということには気づいていた。私のまわりには、映画や音楽の話に精通した一見不良っぽい友人が集まっていた。彼女らとつき合いながら、私はいやいや学校に行き、無為のうちに一日一日を過ごした。勉強を怠けているのだから成績が下がるのは当然なのに、成績が下がっていくことがとても恥ずかしかった。かといって、自分を更生しようという気も湧かず、まったく呆とした学校生活を送っていたのだった。

家に帰っても状態は少しも変わらず、暗いほら穴で何をするということもなく、ただ黙りこくって生きながらえている小動物たちを思わせる光景であった。私は素直ではなかった。大人たちのやりとりに嫌悪を感じながらも、さも苦しげにその会話に入り、さものろわしげに父を恨んだ。ほんとうに悲しいのは父であり、母であったろう。たとえ子どもだとはいえ、同じ苦しみを共有できるわけはない。子どものくせに冷めていた、といえばいえる。しかし、数十年間の人生をある一瞬で否定され、何のために今日まで生きてきたのか、という問いに否応なく直面させられていた父と母のそれぞれの淋しさを、底の知れた痛みで、子どもがいやすことなどできないと思っていた。

そのころ、私は友人によくこう言っていた。「私は詩人になれない」と。自分自身、そして自分をとりまいているものすべてが不純としか思えなかったのである。不良で、無気力で、素直さのない私。その上、私は〝不潔で野蛮な〟朝鮮人であった。

高一の夏、AFSというアメリカ留学生募集の試験を受けるさいに、私は戸籍謄本を見てはっきりと自分が朝鮮人であることを知った。いやそれ以前からわかっていたことではあったが、両親は朝鮮語を子どもたちの前でめったに使わなかったし、キムチも食べなかった。それに田舎であったことから、周囲がすべて日本人だったこともあって、私に〝朝鮮〟なるものを感じさせるものは何一つなかったといっていい。友人たちから、朝鮮人であることで蔑《さげす》まれた経験もなかった。両親はそれまでの生活体験から、子どもに同じ辛苦をなめさせまいと、日本人として私を育て、私もそれに疑問を感じなかった。事実私は、日本舞踊、生け花、お琴を習い、純粋に日舞の名取りを夢みていたのであった。たまに大阪の親戚の家に行くことはあった。しかし、そこから感じるものは〝文化が遅れている〟とか〝汚ならしい〟とか〝野蛮だ〟という感情ばかりで、私の方からもその〝朝鮮〟なるものを拒否し、自分が朝鮮人であることを無意識のうちに否定していたのである。

しかし、私は明らかに朝鮮人であった。しじゅう隠そう隠そうとする意識と、違う違うと首を振っている自分が、心の奥底でうごめいていた。いま思えば、〝不純〟だと思える要素を、私は自分の手で掘り起こし、無理やり見つけ出していたような気もする。しかし、ともあれその時の私は、自分がみっともなくて、そして格好が悪くてしようがなかった。どうして生まれてきたのか、これからどうやって生きていったらよいのか、いやこれ以上厚顔無恥をさらして生きていくわけにはいかない、と思った。

自殺未遂――家出

二年の一学期も終わりに近づいたころであった。家中が外出をした日の夕方、私は「いこい」というタバコを買ってきて、その一本をぬきだし、紙をとり、その中の葉をオブラートに包んで一気に飲みこんでベッドに入った。少しも恐怖を感じなかった。しばらく横たわっているとさまざまなことが思い出され、何か静かな気持ちであった。しかしそのうちに、目まいと吐き気がはげしくなり、何がなんだかわからぬままに涙が出てしかたがなかった。そして私は、あの吐き気に敗けてしまったのだ。そばにあったごみ箱に、口に指を突っこんでゲェゲェと吐いた。苦しかった。頭の奥が金づちにでもたたかれているようにガンガンと痛く、目がまわって自分のまわりの様子、自分のいる場所さえもわからなかった。

朝、目をさますと私は床の上にころがっていたのだったが、頭の痛さと目まいのひどさにからだを起こすことができなかった。そして、生きている自分を自覚した時、私の頭を瞬時通り抜けていったあの安堵の混じった悲しさはいまも忘れることはできない。

外出もせず、ぼんやりしているうちに夏休みも過ぎ、二学期を迎えたが、しばらくは、タバコの葉を紙に包んでいつも制服のポケットに入れて歩くというふうに、死に対する感覚は神経を麻痺させるように容易に私から離れずにあった。

数ヵ月後、それは二年も三学期に入った時であったが、私は「学校をやめて働く」と母に言った。母は驚いて、あと一年、たった一年だけなのだからがまんしておくれ、と私を説き伏せようとしたのだが、その時の状態から何とか脱け出したいと思っていた私は、それ以外の方法が見つからず、主張を変えなかった。死ぬこともできず、かといって自分が恥ずかしくてしかたがなかった。学校に通いつづけることは苦痛以外の何ものでもなかった。しかし、反対する母の苦しみも手にとるようにわかり、両方からの圧迫感に、私は解決するすべが見つからず、とうとう家出をした。

貯金が三万円ほどだったろうか、そのお金をもって二月初旬の寒い日、ぼたん雪の降る中を、まだ明けきらない早朝に私は家を出た。京都に行った私は、きたない宿屋でただ悶々と思いをめぐらし、なんとかしなければ、なんとかしなければ、とそれだけを考えていた。

ちがう土地に行って自活したかった。自分を律するにはそれ以外ないと思うのだが、しかし母がかわいそうだった。ただでさえ噂好きな田舎で、醜聞に騒がれながら身内もなく、心細く生きているのだ、いったいどうしたらよいのだろう。学校をやめるわけにはいかない、しかし、心機一転してやり直したい――。私は転校を決意した。それはたしかに逃避にはちがいはなかった。しかし、人に何と言われてもかまわない。このみっともない自分に冷たい水をかけ、目をさまさせるにはこれしかないと思ったのだ。一〇日後、私は家に帰った。案の定、母は動転し、父は怒って口もきいてはくれなかった。しかし私の決心は変わらず、思いきって母に「転校したい」ときりだした。一〇日間家出をして心配をかけた上に、今度は転校などと私はどんなに親不孝者であろうか。学校の担任の先生もいろいろな言葉で私を説き伏せようとするのだが、私は頑として思いを変えなかった。しかし、母は私をわかってくれた。苦しそうにうなずいてくれたのだ。

ちょうどそのころ、母の知人が知っている京都の修学旅行専門の旅館で、フロントの電話番に若い女の子を探している、という話がもちあがってきた。家出して泊まった場所がその近くであったことに驚いた。が、とにかく私は、わらをもつかむような気持ちでそこに行くことにした。編入試験の時期を逸した私は、そこで働いて次の年を待つことになったが、それはたいした問題ではなかった。母や妹たちと別れて暮らすのはつらく、家庭内の問題に今度は妹たちが直面することを考えると、私は逃げるようにして家を出る自分の情けなさを心からわびた。しかし私は、勇気をだして京都に向かった。

京都の旅館で働く

一年間私は働き通した。電話番といっても要するに雑用で、朝から晩まで皿洗い、蒲団敷き、何でもやった。私自身よくわからないのだが、私には、〝ひとり〟ということに無関心なところがあるらしい。京都に行ってからよく人に「淋しくない？」と聞かれてとまどってしまった自分を覚えている。

しかし、じっさい淋しさなんて感じる暇のないほど私は気負っていたのだった。給料はスズメの涙ほどで、日曜日さえもなかったが、はじめのうちは何の不自由も感じなかった。ただ苦痛だったのは、周囲があまりにも大人ばかりだったことである。欺瞞が公然と日常の些事としてまかり通っているのを見た時、私はいいようのないいらだちと、その俗悪さに顔をそむけたくなるような暗い気持ちに陥った。

早く学校に行きたいと待ち望みながら一年が過ぎ、晴れて私は京都府立鴨沂高校の三年生となった。単身で田舎から出てきていたため、旅館の社長さんには並々ならぬご苦労をおかけした。それに対して私は労働でしか報いることができない。それに私は旅館の人たちにかわいがられていて、たとえ雑用ではあっても人手不足の折でもあり、準従業員としての暗黙の期待がかけられていることを感じていたから、学校が始まってからも私の仕事はつづいた。

学校から帰って四時半から夜一〇時まで、忙しい時は一二時をまわることもあった。仕事がすんでほてるからだで部屋に帰ると、しばしば私は、ここで何をしているのだろう、何で働かなければならないのだろうと、二度と口にすまいと誓った言葉をつぶやいて妙にむなしくなる時があった。しかし、いやだいやだと思ってはいても、私がいなければ他の誰かが私の分もよけいに働くことになると思えばつらかったし、皿洗いをする時は洗うお皿が減っていくのが楽しくて、ついわれを忘れてしまい、お膳をはこぶ時は山と積まれたお膳が調理場から消えていくのが楽しくて夢中になってしまうというふうに、私はもともと鈍で楽観的にできているんだなあ、と一人で笑ってしまった時もある。

学校はほんとうに楽しかった。からだがつらくて遅刻をした日もあったが、これほど行きたいという気持ちで学校に通った時がいままでに果たしてあっただろうか。それは、大人とつきあう時間から少しでものがれ、自分が学生として伸び伸びと勉強やおしゃべりをする時間をつくりたい、ということもあったが、それよりも何よりも学校自体が私にとってたいへん魅力ある、鮮烈なものとして映ったからであった。

鴨沂高校は非常に民主的な学校であった。制度上にはまだまだ問題点が残されているにちがいないのだが、制服がなく、上ばきをはく必要もなく、普通科・商業科がいっしょになったミックス・ホームルーム、生徒の自主性を考えた独自のカリキュラムがしかれていた。田舎の高校しか知らない私は、すべてに面くらってしまった。受験戦争の束縛もないそのリベラルな空気の中で、生徒は自由にものを言い、その内容も意識の高いものとして私には映った。

私は転校生として特別視されていては、学校に打ちとけることができないと思い、積極的に友人たちに話しかけていった。一学期に演劇コンクールがあり、全クラスが競い合うのだが、私のクラスは「三年寝太郎」を演じることに決まった。しかし練習をすすめるうちに、おばあさん役の女の子が突然、方言がむずかしいからやめる、と言いだした。そこで配役の割り当てをめぐって討論が始まったが、容易にまとまらない。私は思いきって手をあげた。結局、私がかわっておばあさん役を演じることになったのだが、私は嬉しかった。転校してきてほんのわずかな時間のうちにみなと仲良くなれたのだ。無事にコンクールもすみ、私のクラスは学年で一番だった。

祖国・朝鮮の再発見

ところで、この鴨沂高校に編入して一ヵ月もたたないころのことであった。私にとって思いがけぬ出来事が起こった。私は毎朝市電に乗って学校に通っていたが、その市電に、ある朝一〇人あまりの朝鮮高校の女生徒たちが乗ってきた。彼女らは民族衣装のチョゴリを着、大声で朝鮮語をしゃべっている。その言葉は耳のどこかずっと奥の方に残っていいたおじいさんのしゃべっていた言葉であり、父母がけんかをした時に思わず出てしまった父の言葉、母の言葉であった。私はたじろいだ。彼女らは疑いなく朝鮮人なのである。しかし、恥ずかしくはないのであろうか。すぐに朝鮮人とわかるような民族衣装を着て、すぐに朝鮮人とわかるような朝鮮語をあんなに大きな声でしゃべって……。私は胸をずんと何かに打たれたような気がして、同時にまっ赤になってしまい、下車駅を知らせる「荒神口」の声を聞くと、逃げるようにして降りてしまった。

彼女らはどうしてあんなに勇ましいのだろう。平然としていられるのだろう、いやどうして朝鮮人であることがあんなに自然なのであろう――。一日中どきどきしながら、それらのことを考えていた。ところで、この私はどうだ。ただ隠せ、隠せと、そして朝鮮人であることを絶対認められぬものとして自分に言いきかせてきたこの私は、どうだ――。

無意識に、長いあいだ切り捨てようともがきつづけてきた問題が、意外な出来事に点火されて思わぬはやさで燃え広がっていく。衝撃であった。その日以来私は、一日たりとも朝鮮という言葉を思い起こさずには過ごせなくなった。日本史の先生に話を聞いて本を読み始めた。日本史は、中間・期末の考査に、生徒自身の選択でレポートと筆記試験のどちらかをとれたので、私は一年間を通じてのテーマを「朝鮮」にしぼってレポートを書くことにし、そのつど先生に批評をいただいた。読む本すべてがそうであったが、とくに『朝鮮人強制連行の記録』〔朴慶植〕を読んだ時は、時間がたつのもわからず、気がついたら朝で、泣き出したいのをこらえながら学校に行ったことを覚えている。そして、その虐げられた事実を知れば知るほど、私は朝鮮を何か身近に感じ、父をそれまでとは違った別なところで身近に思うのだった。

本はいくらあっても足りなかった。時間も惜しかった。かといってこの旅館をやめたら食べてはいけないし、お世話になっていることを考えると給料の不満も言いだしにくかった。私は田舎からもって来た本を片っ端から売り始め、本棚がからになると本棚を売り、はては整理ダンスまで売るという状態になっていった。河原町三条にある古本屋さんにはいまでも私の本が置いてあるだろうか、なつかしく思う。本を売った次の朝は妙にさみしく、学校に行く途中にある喫茶店に入り、本を売ったお金でコーヒーを飲んで、学校が始まるまでボケッとしていた私だった。

日本史の先生と話をするのは、昼休みや仕事が始まるまでの放課後に限られていたので、よく手紙を書いた。一学期の私のレポートは、どうしても感情的なレベルを脱しえなかった。なぜなら、私の前に提示される日本と朝鮮の歴史は、まさに抑圧と被抑圧の歴史であり、非条理な帝国主義の侵略とそれに対する果敢な朝鮮民族の抵抗史、血史であった。不法な侵略戦争をもってこの日本は肥え太り、現在にいたってもまだその野心達成のために粉飾をこらして侵略しつづけている。私はただ、これらの事実に覚える憤りを、レポートに次々と書いていったのである。

しかし、朝鮮人が朝鮮人としての主体性をもつということは〝されてきた〟という被害者の立場のみにとらわれて皮相的に歴史を見、怨念のみを醸成するという思考・行為からはけっして生まれてはこない。私が朝鮮人であり、しかも在日する朝鮮人二世であるという客観的な状況をつくりだしたその原因と、この日本社会にあって以後私がどう生きて行くべきなのかという、自分の位置に対する認識とともに未来に向かう一つの方向性、あるいは展望を志向していくという態度によってのみ、歴史的事実は刻明に、また鮮明によみがえるのである。このことは現時点においても私の課題とする最大の問題であり、いつでも点検されねばならない問題であると思う。

その夏、私は京都に来て一年半ぶりにはじめての休みをもらった。そして田舎に帰り、久しぶりにくつろいだあと、その足で東京に出て高文研を訪ねた。『月刊・考える高校生』は政経の先生に教えていただいた新聞で、その中に書かれている高校生たちの真摯な姿勢や問題提起に私は何度か心を打たれていた。そして、そのあと八王子市の市役所を訪問し、『日本の中の朝鮮文化』〔金達寿〕に書かれてある武蔵野地域をまわってみたいのでパンフレットをくださいと申し出ると、意外にも係の人が親切に車で一帯を案内してくださり、有意義な休みを過ごして京都に帰った。

京都に帰ると私は一大奮起して『日本帝国主義の朝鮮支配』（朴慶植）をノートを片手に読み始めた。そして九月一日を機に、五〇年前の関東大震災時における朝鮮人大虐殺に関してのレポートをその序文とし、二学期のレポートを「韓日強制併合」を中心に書きすすめていった。

二学期、政経の授業は一学期に引きつづき、差別問題を取り扱っていたが、その中で先生が、〝北鮮〟という言葉を使ったことがあった。明らかに朝鮮に対する蔑称である。この言葉を日本人が平然と使うことはたとえ無意識であろうとも朝鮮人に対する差別意識を日常的に温存している証左にほかならない。私は先生に一言「訂正してください」と言ったことがある。また日本史の先生にも「ただ事実の羅列ではなく、たとえば江華島侵略であれば、その侵略性・不法性をもっと説いてほしい」と言ったこともあった。

貪欲に生きぬく決意

知りたいことは次から次に、読みたい本も次から次へと出てくる。私はとうにあきらめていた大学進学を考え始めた。先生方もすすめてくださるのだが、私には大きな問題が妨げとなっていた。だいいち、大学に入るには旅館をやめなければならない。はたしてやめることができるのだろうか。私が労働で報いたと思ってはいても、旅館の方では私が卒業したら従業員として働くことを当然のこととして受けとっている。それに私自身、私がいなくなったら、そのために誰かに余計な負担がかかるであろうことを思うと心苦しかった。状況は簡単に大学進学を許すものではなかった。このまま〝よい子〟として旅館に残るか、それとも恥知らず、恩知らず、と言われても大学をめざして東京に出て行くか、まさに私は分岐点に立たされていたのである。それにそのころ、父母の裁判は解決する見込みもなく、ますます混沌とした状態にあり、妹が父母の間にあって私のかわりにさまざまな心労を強いられていることを思うと、私が早く帰って父と和解しなければならない、という事情もあった。

二月の寒い日、私は再び高文研のドアをたたいた。事情を話しながら私は、自分の気持ちを整理していたようだ。そして高文研の人たちに励まされて京都に帰った。

卒業式をすませて、私は京都をひきはらった。気持ちよく旅館の人たちが送り出してくれるはずはなかった。私の恥知らずをおこっているにちがいない。しかし私も悲しかった。東京に来て一年、あわただしい毎日であった。父との和解に始まり、京都時代にためられていた問題がどっと押しよせてきたようだった。そして、受験の準備をする一方、私はある雑誌の事務所を訪れ、そこで朝鮮語を教えてもらいながら、多くの同胞たちと知り合うことができた。今春、早稲田大学の社会科学部（二部）に入り、家庭教師その他のアルバイトで生計を立てる一方、同胞の学生たちと母国語や歴史を学びながら祖国の情勢にたえず目を向け、討論を重ねることによって意識を高めあおうとしている。自分のあり方を、朝鮮人としての生き方を模索していたあのころの延長線上に、たしかにいま、私はいるのである。

ある日の時点で朝鮮名を名乗ることは、それ自体が日本総体に向けての挑戦的行為であり、自分自身に向けてのそれでもある。しかしそれだけにはね返ってくるものも大きく、それはたいてい否定的なかたちをもって迫ってくるというのがじっさいである。そして、それを受けとめるのが、ほかならぬ自分自身だということは、どれほどの複雑な葛藤と紆余曲折を強いるものであろうか。だから、痛いところに触れられまいとして朝鮮人であることを隠しながら生きる者もあれば、真剣に考えれば考えるほど、その苦しさに淪落の道を行く者もあろう。私はそれらの生き方を非難しない。いや、できないのだ。なぜなら時折、なぜこうも朝鮮人ということにこだわらねばならないのかと、消沈してしまう自分がある。胸をはることが苦しい時がある。自分の歩いている方向があまりにも迷路のようで解答がないような、漠としたものを感じるからである。

　しかし、そのように不安と混迷の中にあっても、私は、在日朝鮮人の抑圧状況が不本意に引き起こされているという事実を、自分の軟弱さをもって許し、助長させるわけにはいかないのだ。容易に生きることを許さぬ矛盾が日常にはびこっている事実を、黙過してはいけないと思うのだ。日本という日常性の中にどっぷりとくみこまれ、祖国の棄民・愚民化政策と、そして日本の管理・抑圧政策によって巧みにつくりあげられた同化政策は、在日朝鮮人の民族的自覚と未来への志向を抹殺し、人間本来に保障されるべき生活をも消しさろうとするところに、その明白な意図が存在することを知らなければならない。いったいこれが屈辱以外の何であろうか。

ひらひらとは決して生きまい。何かが見えてくるまで貪欲に生きてやろうと思うのだ。
在日朝鮮人の一女性として──。

散調《サンジョ》の律動の中へ

伽倻琴《カヤグム》の独奏曲に「散調」という一時間あまりの長い曲がある。
伽倻琴を習い始めて四年、私はやっと二十分ほどに短縮した散調が弾けるようになった。「あなたも変わったわね、ここまでついてくるとは思わなかったわよ」と先生も驚いている。

これまで教えてきた弟子たちは、結婚や就職を契機にみなやめていった。私もその一人として、そう長くは続かないだろうとあきらめていたのだという。たしかに私はあまり熱心な弟子ではなかった。これからおって書いていくことだが、丸正事件とのかかわりや李得賢さんとの出会いを通じて、私は自分の位置を伽倻琴以外の場所で知らされ、考えさせられていた。その間、稽古も休みがちだったし、今ほどの情熱が抱けなかったことも事実だ。ある時などは伽倻琴のカバーに指で文字が書けるほど埃がたまっていたこともある。それでも決してやめようとは考えなかった。部屋の片隅にたてかけてある伽倻琴に私は睨まれている、そんな気がいつもしてならなかった。

思えば今日まで私は、安定した息づかいというものをしたことがない。じっと息をおし殺して辺りを窺っているかと思えば、はあはあ息をきらして何かに哀願している。思いきり深呼吸して胸をそり返してみても、そのすぐ後でぜいぜいと喘いでいるのだ。こう書いていると、思い出の断片の一つ一つがモノクロ写真となって浮かび上がってくる。京都の旅館で皿を洗っている私に、ヘップ工場で働く私の姿が重なり、仙台行きの特急列車に乗っている私に、父親の前で憎しみに唇をかむ私の姿が重なる。そのすべてが現在の私のありようにつながっている。

〝かくある〟自分と〝かくあろう〟とする自分の願望、その中心線のぶれの中で確かめようとしてきたもの――それが私の〈朝鮮〉であった。

一

私は田舎の高校を二年で中退した。そこに生まれ、十七年間育った「ふるさと」に、私は今日まで一度も愛着や懐しさを覚えたことがない。家の二階の窓を開けると富士山が真近に聳え、近くには観光客のたえぬ富士五湖がある。だが私は町の周辺の地名さえろくに覚えようとしなかったし、行って遊んだ記憶もあまりない。親類縁者もいないこの土地を父がなぜ選んだのかはわからないが、地縁的にも血縁的にも私たち一家は、〝よそ者〟だった。その中で、〝よそ者〟の私は、小学校の頃から「ふるさと」から出て行くことを渇望していた。私には、居を定めるとか、根をはやすといった生活への志向がどこか欠落しているのかもしれない。いまさらのようにそんな自分を考えさせられる。私の中の「ふるさと」は大人たちの顔、顔、顔でひしめきあっている。雪をかぶった富士山の冷厳な威容も新緑鮮やかな山々の風景もなぜか遠く、それらは「ふるさと」の単なる装飾物である以外、私には何の感慨もない。

両親の不仲、別居は物心ついた小さい私をたえず揺さぶった。瓦礫が崩れては積みあげられ、実に些細な風雨によってまた崩れ落ちる。いつの間にか私の家庭のイメージは微塵粉灰に散っていた。しかし、無間の底に突き落とされたような凄まじい両親の喧嘩を見てきたのは私だけではなかった。在日朝鮮人作家や若者たちの手記を読むと、全部が全部というほど同じ体験をもっている。それで妙な安心感を覚えたものだが、朝鮮人であることの苦悩や痛みの裏返しをそこに見出し、美化していくような見方は私にはできない。喧嘩の内実はもっと醜悪で、もっと普通なものであったろうと思ってしまうのである。

両親のあびせ合う罵言が結局、結婚したことへの後悔につながっていくのを感じるたびに、私は子供である自分の存在のやましさを考えずにはいられなかった。それは悲しい疑問だった。精神のつながりのない血縁関係なんて形ばかりの楼閣にしかすぎない。それは愚かで醜い幻覚である。

高校を中退するまでの経過をここで事細かに書くつもりはない。大人たちの作り出す生活の流れ、了解ずみの演技に私はたえられなかったのである。退学届を出し、私は母の知人のつてで京都のある旅館に住みこんだ。一年後に編入して通学することを約束に私は働き始めた。

そこは明治時代から続いている古い旅館だったが、時代の波に押されて修学旅行や団体を専門に扱う旅館に変わっていた。商売柄、さまざまな客に接し、応対するので、外側からは開かれた派手な世界のように見えても、いざその内側に入ってみれば、そこは幾重にも閉ざされた陰湿な場所であることを私は知った。世の中で何が起ころうと、調理場の熱気と喧噪がすべてに優先していた。働く者たちの関心事もそこから一歩もはみ出ることなく、陰口のたたき合いと愚痴めいた身の上話が奇妙にも一種の絆となっていた。陳腐な言い方をすれば、そこは人生の縮図とも言うべき人々の溜り場だった。義理という漠然とした感情と、これが運命なのだという諦めが彼らをそこに縛りつけ、単調で色どりのない生活を支えていた。どかどかと足音をたてて大柄な若奥さんが調理場にいきなり入ってきて、ヒステリックな声をあげる。その吝嗇で脂ぎった勢いには私も辟易させられたが、奥床しい表玄関のすぐ裏側に薄暗い調理場があるように、働く者の倦怠と若奥さんの対比は滑稽ですらあった。

ところでおもしろいものだ。その旅館には社長さんと大奥さん以外、生粋の京都人は一人もいないのである。それでもたいていは関西の出身だったが、私にいたっては山梨県の片田舎で、あのなよなよとした京都弁には自慢の順応性がしばしばくじけた。「おこしやす」「おおきに」がどうしても言えない。「まあ、京人形のようねえ」なんておかっぱ頭をなでられると腹立たしくさえなった。周囲を見渡しても、つつましさと謙虚さを備えた京都的イメージを持っている人間なんて誰一人いない。そんなことはどうでもよいのだ。ただ「おこしやす」と言って京都的でありさえすればよいのである。大人の作り出す生活の流れはどこも変わりはない。

日を追って映ずる見え透いた虚偽や弛緩した生活の光のなさは、私の期待を虚しいものにしていった。だがそれでもそこにとりすがっていなければ私には他に行くあてもなかった。編入試験が待ち遠しい。だがその思いとは裏腹に、全身が硬直するような怯えと不安が私を苛んでいた。朝鮮人であることがばれたらどうしよう、編入手続をするための書類、戸籍謄本を社長さんが見て私の出自を知り、他の従業員にもそれがばれてしまったらどうしよう、そうなったら私はここにいられなくなる……。

年も明け、正月の客に一段落ついた時のことだった。誰もいない調理場の電球の下に私と若奥さんが立っている。後で話があるからと言われた時、とうとう来るべきときがやってきたのだ、と私は覚悟を決めていた。

「あんたが朝鮮いうこと、だんなさまは初めから知ってはったんえ」

若奥さんの方からそう切り出してきた。だんなさまは大学の偉い先生からヤクザまでいろんな人と付きあいのある心の広い人だ、だから朝鮮人だということを気にすることはない、このことは誰にも言わないから安心しなさい、と若奥さんは言った。若奥さんは私を混血児だと誤解していた。だが、〈朝鮮人でも使ってくれる人がいるんだ、朝鮮人でも。ああ、こんなによい人たちがいるのだ〉と、土下座でも何でもしそうなほど動転し興奮し、まじり気のない感謝の気持で私は体を震わせていた。

あの見苦しいばかりの自己卑下。その言葉の裏側には、朝鮮人であることを当然悩むべきこととして考えている底深い偏見が横たわっていた。義理と恩に縛られるようになる私にとって、その偏見は一つの攻撃でもあったのだ。だが、社長夫婦の打算と身振りだけの同情が、その時の私には唯一の救いであった。

その年の三月、私は京都府立鴨沂高校の生徒となった。田舎の学校しか知らない私は、生徒の自主性を重んじた校則、自由な校風にとまどった。大学受験に目をつりあげている生徒はほんの一握りで、生徒も先生ものんびりとしている。学生運動の余波をうけて全体に力の萎えた無気力さが漂ってはいたが、それでも生徒は自由に発言し、内容も意識の高いものに映った。旅館の仕事は続いたので寝坊をして遅刻したり、授業中によく居眠りをしたものだが、あれほど行きたいという意欲を持って学校に通ったことは今までになかった。転校生として特別視されてはいけないと思い、積極的に話をしていくように努めた。ある時、親しくなったY子が言った。

「あの子と付きおうたらあかんよ」

Y子が目で教えてくれた女生徒は、黒く長い髪が印象的で、美しい人だなと思っていた子だった。

「部落の子って若い頃はきれいやけど、歳とったら目もあてられんて、おかあちゃんが言うてはったわ」

Y子のあどけない話し方はいつもとまったく変わらなかった。部落。身にしみついた防衛反応で私は、へえとことさら驚いてその場をとりつくろった。突然、首筋につきつけられた刃物の鋭さにこわばった私の体が、さらに朝鮮、朝鮮人という響きにひきつっていく。

その後まもなくのことだった。私は思いもよらぬ出来事に直面した。朝、市電に乗っていると、河原町三条で大勢の朝鮮高校生が乗りこんできた。女学生たちは民族衣装の制服を着、大声で朝鮮語をしゃべっている。それは耳の奥にかすかに残っていた懐しい抑揚をもつ言葉だった。なのに生まれて初めて何かを目にしたような興奮が一気に突き上げ、学生たちのなにげない姿を前にして私の体はつんのめった。彼らに全然気をとめる気配がない乗客たち。その中で私は一人、自閉的な反芻症患者のように心の一点を凝視していた。幾筋もの光線が幼い頃の記憶をあわただしくあぶりだす。その光源に向かって私は伏せられた写真帳をめくり始めていた。

排泄物の汚臭が鼻をつく大阪の長屋の奥。万年蒲団から起きあがったハラボジ（祖父）は、ぼろぼろになったハングルの辞書を一日中めくっていた。ぶ厚く曇った老眼鏡、しみだらけの大きな手。久し振りに遊びにきた幼い私を抱き寄せては、臭い吐息をふきかけながら、アーヤーオーヨーを何度もくり返した。私たち一家だけが一番遠くに暮らしていたためか、遊びに行った時の親戚の騒ぎようといったらなかった。長屋の続くごみごみした町並も、床のへこんだ狭苦しい部屋も、養豚場も、小さな私には何でもないことだったのだ。その異質さを物珍しさとして喜び、遊ぶことだけに無心でいられた。

私は友人に蔑まれたとか、石を投げられたというような直接的な体験はない。だが小学校に入ると、いつからともなく私は、生活のすぐ裏側にあるその世界を嫌悪し始めていた。恥しいもの、知られてはならぬもの、と感じ始めたのである。私はかなり勝気な女の子だった。勝気であるからよけい、その世界は私を脅かし、気付かれまいと人の顔色を窺いながら、ますます勝気になるのだった。新しい洋服を着ていっても、他の誰より成績がよくても、朝鮮人であることのみっともなさ、格好の悪さがつきまとった。

周囲は日本人ばかりで、両親は朝鮮語をめったに使わなかったし、キムチも食べようとはしなかった。父は私が九歳の時に日本に帰化した。あの頃、父は富士山の麓に骨を埋める気持でいたのに違いない。そして私がより日本的な女性になることを望んでいた。私は日本舞踊、琴、活け花を習い、学校の成績にしても父の願いをいつも充たしてきた。そんな私が兄妹中でいちばん溺愛されていたのである。するといやらしいエゴイスティックな上昇志向まで一人歩きを始めるようになる。私は絶対朝鮮人などではない、とさえ考える時もあった。そのたびに、私は大切なものを足蹴にしてきたのだった。

乗り合わせた朝鮮高校生たちは、そんな私の心の内などとは全く無関係に言葉を交し合い、笑い合っている。ただ隠して生きることに腐心し、日本人の同情に涙していた私の堕落は、彼らのなにげなさの前ではもはや逃げる口実すら失っていた。

その日から日本史の先生に相談して、私は朝鮮に関する本を読み始めた。これでもか、これでもかと、血に染まった悲惨な歴史がさし出される。強制連行の記録を読んだ日は嗚咽をこらえて学校に行った。銃殺を目前にしたパルチザンたちの顔、夥しい屍体の山……、仕事中にそれらがふと目の前をよぎっては、こみあげてくる悲しみや怒りに絶句した。その虐げられた歴史を知れば知るほど、私は自分の体の中に流れている民族の血というものを考えずにはいられなかった。

修学旅行生の夕食が終わると、蒲団を敷き始めるまで調理場にはしばらくの小休止がある。ある日、ガス釜の湯気で湿った土間の方で、飯たきのおじさんが何やら勇ましげな声をあげていた。見ると日本刀のふり方、首を斬る時の力の入れ方をアルバイトの学生たちに説明しているのだ。私は歯をくいしばってその声にたえていた。おじさんは、客の残したおかずを私と一緒につっつき合って食べてきた人ではなかったのか。誕生日に小さなケーキを買ってくれたやさしいおじさんではなかったのか。ロコウキョウ、ロコウキョウ、おじさんは禿げあがった額に浮かぶ汗をぬぐった。

朝食の準備も済み、みな従業員部屋にひきあげていった。夜も更け、静まり返った調理場に私は一人で入っていった。土間の方からはまだおじさんの声が聞こえてくる。生身の人間が生身の人間を殺してきた。善良であるはずのごく平凡な人間が累々たる屍体の山を闊歩してきたのだ。私は板場さんの使う重い刺身包丁をとって首筋にあててみた。……きっと痛かったんだろうな。恐いから手首をちょっと刺してみた。どうしよう、やはり血が出る。本当なのだ。写真の中の虐殺された朝鮮人は私と同じ人間だったのだ。どうしよう、どうしよう、暗い調理場で私は泣き続けた。

だが依然として、私が朝鮮人であることは秘密にしなければならないことだった。同情で拾われた私の立場は変わらない。家出同然の私を預ってくれた社長夫婦の恩義に、私は労働でしか報いることはできないと思っていた。だが卒業も近づくと、私はそこをやめようと考え始めた。恩知らず恥知らずと思われてもしかたがない。卒業式のあと、私は荷物をまとめた。

二

東京に来て、兄の家に住むようになった私は、『まだん』という在日同胞の雑誌の事務所で朝鮮語を習い始め、自分の名をイ・ヤンジと読むことを知った。密室の中で〈朝鮮〉を呪文のように反芻していた私には、そこで出会った朝鮮人の若者たちが、皆まぶしく見えた。朝鮮人て、こんなに沢山生きているんだな——それが素直な実感であった。だが、ほんの少しずつ覗き始めた在日朝鮮人社会は、虐げられた者同士が肩を寄せ合って生きている、という自分が思い描いていた世界とは違っていた。そこには南北に分断された祖国の状態が色濃く投影し、さらに細分化された法的地位が多様な立場と政治性を主張していた。民族に目覚めた者なら誰でも、と寛容に受け入れてくれる場所ではなかった。自分が生きる場を自分で探していかなければならないと痛感し、否応なく私は、自分の持つ日本国籍の意味を考えさせられたのだった。

帰化に対する一世たちの厳しい反応に触れるたびに私は、首をひっぱられるような負い目とやるせなさで胸がしめつけられた。早稲田の学生であった山村政明（梁正明）氏の遺稿集は、私にとって他人事では済まされぬ厳しい予言として考えさせられた。こんなことで「差別」されるとは思わなかった、という驚きとともに、私は自分の不格好さを正当化できない一つの壁にぶつかっていた。それは私の現実認識の甘さに通じているはずだった。外国人登録証の常時携帯の義務もなく、法的規制の対象からもはずされ、私はそうした屈辱を日常感覚として持たされることから完全にまぬがれている。父がやったことですから私には関係ありません、と開き直るわけにはいかなかった。だが、無条件に負い目を抱かなければいけないのだろうか、政治的節操とは、もっと違った幅の広い次元で問われるべき問題ではないのだろうか、という気持もあった。それまでの体験の中で私は、朝鮮人として父の生き方を認められない自分を知っていた。一世の肉声、生きざま、そこには風化しない朝鮮があり、重い歴史がぬりこめられている。たしかにそうかも知れない。だが、素直にうなずけない自分のどこかがよじれ、そこに生き方を志向する精神的なものと、訂正不可能な帰化という現実が複雑に重なり合っていた。

翌年、私は早稲田大学に入学した。韓文研の学生とはそれ以前から知り合っていて、韓文研に入りたくて早稲田を選んだようなものだったから、授業には初めから興味がわかず、まもなく教室から足は遠のいていった。

祖国の情勢、民主的人士の決死的闘争、その有機的連関の中で我々の闘いは……、勇ましい言葉が頭上をとびかう。そこで私も一時的な自己陶酔に浸っていた。ポール・ニザンの文章やスローガンが落書きされた部屋に煙草のけむりがたちこめ、いつしか暗くなった窓ガラスに、机を囲む学生たちの姿が映し出される。

東京に来てから私は、在日同胞の若者たちに多く出会ってきた。その一人一人がそれぞれの〈朝鮮〉をかかえ、生き方を模索していた。だが韓文研で連発される祖国は、私の〈朝鮮〉のイメージとはどこかが噛み合わない、そんな気がしてならなかった。これほど加害者と被害者がはっきりしている歴史を知っていながら、在日同胞が分断され、いがみ合い、一つの指標を設定できない状態が続いているのはなぜだろう。結局、この日本にからかわれているようなものではないのか。自分の日本国籍の意味も私はそういうところで考えたいと思っていた。

統一国家が建設されれば日本と対等になり、在日同胞には国家を持つ誇りと自信が与えられ、その位置もおのずと変わってくる、と先輩はいう。私はなぜか息がつまった。対等な関係？

そんなことあり得るのだろうか。過去にばかり執着していては、怨念ばかりが醸成され建設的な民族意識が育くまれない、ということもわかる。〈朝鮮〉は現在、そして未来に向かわなければならない問題なのだ、ということも。しかし無惨な数字の羅列の奥に葬り去られた朝鮮人の存在はどうなるのだろう。この事実を消せる何がこの世にあるというのだろう。私の脳裡には、京都の旅館の調理場で聞いた飯たきのおじさんの声が、いまだに不気味な波長をもってこだましていた。

討論の後でよく先輩がこう言った。「こうしていられるのも今のうちだ、学校を出たら何もできなくなるんだ」と。それに疑義をはさむ者はいなかった。企業に就職したり、公務員になる道を閉ざされた同胞学生を待ち構えている現実はたしかに重く厳しい。現に卒業してからも何らかの形で活動を続けている先輩は稀だった。だが、そういう現実に溜息をついているだけなんて、あまりにもふがいないような気がした。であれば、在日するが故の問題をもっと考えていく運動を起こしていかなければならないのではないだろうか。結局、そこは私の疑問を充足してくれる場所ではなかった。

一方、私は大学へ入って間もなく、伽倻琴を習い始めていた。日本の琴と違って爪をつけて弾かないから、指先にすぐマメができる。それがうれしくてたまらなかった。先生の人柄だと思うが、琴を習っていた時のような師弟の格式ばった関係が全くなかった。アリラン、トラジ、ノドルガンビョンと民謡を覚えていく中で、私は伽倻琴のもつ音色の幅広さとおおらかさに、安心できる場所を求めていたように思う。民族の楽器に触れる、民族の歌をうたう、というりきんだ感じではなくて、一人でいる時の淋しさや充足されない何かをまぎらす、そんな感じだった。

三

そしてこの頃、私は宋斗会氏と知り合った。彼は法務省前で外国人登録証を燃やし、外国人登録法違反で被告の立場にある一方、日本国家を相手どった日本国籍確認訴訟では、原告の席に座っている、というかなり過激な老人であった。その主張を曲解すれば、理屈を変えた帰化奨励とも聞こえかねない。たしかに「どことなくだだをこねている」ようなところはあっても、これは単に感情的な責任論ではない、と私は思った。大日本帝国臣民、その尖兵として中国大陸を駆け巡った過去への挽歌や愛憎の発現が、たとえ在日朝鮮人の中では特殊的なものであったにせよ、これほど日本というものを直截に斬りつけた人を私はそれまで知らなかった。彼は日本と日本人を告発する、としてさまざまな問題を提起していた。その中の一つとして私は丸正事件を知ったのである。

丸正事件は一九五五年、静岡県三島市で起き、逮捕された李得賢さんは終始犯行を否認した。共犯者とされた鈴木一男さんも一審の第一回公判から「自白」は強要されたものだとして、無実を主張していた。二審から弁護活動にあたった正木ひろし、鈴木忠五両弁護士の努力も虚しく、一九六〇年七月に上告は棄却され、李さんは無期懲役、鈴木さんは懲役十五年の刑が確定し、それぞれ宮城刑務所、千葉刑務所に収監された。その後、両弁護士は被害者の実兄夫婦と実弟を真犯人として確信し、自首を勧めるのだが聞き入れられず、検察庁への再度捜査要請も却下され、無実の二人を救うためにやむなく真犯人を告発、世論に訴えることとなった。これに対して両弁護士は名誉き損で告訴され、丸正事件は丸正名誉き損事件を派生させることになったのである。

私が事件を知ったのは、一九七五年十二月に正木弁護士が他界されるすこし前のことだった。翌年三月、その死を待っていたかのように上告は棄却され、実質上の再審といわれたこの事件に一応のピリオドがうたれる状態となっていく。当時、李さんはすでに獄中二十一年、私は二十一歳になったばかりだった。両弁護士の書いた『告発』その他を読めば、二人が無実であることは誰の目にも明らかだった。

宋氏は狭山事件と丸正事件の相違と共通点を踏まえながら、「差別」を闘う日本人活動家の片手落ちを告発していた。その意見に同意はしながらも、「見棄てた日本人」以上に私は「見棄てた朝鮮人」のあり方を考えずにはいられなかった。韓国では一時期、『告発』が翻訳されて救援会が組織され、署名運動も高まっていたが、運動の実体は持続性のない浮薄なものに終わっていた。正木弁護士は後援会ニュースの中で「これほど騒がれている事件なのに、今日まで在日朝鮮人の方々から一枚の葉書ももらったことがない」と書いている。無実の李さんがかわいそうだという思いの一方で、同胞が同胞を救い出せなかった経過を、じゃあ自分はどうするのか、と私はつきつけられているような思いがした。

事件当時の新聞は、頑強に犯行を否認する李さんを「白をきる李、ふてぶてしい李」という一方的な書き方で報道している。事件現地を何度か歩く中で、私はある所でこんな声を耳にした。

「李さんが無実だとわかっていても、地元の人間がそれを声に出して言うことはできなかったんじゃないだろうか。朝鮮人の味方をするようなものだからね。それに朝鮮人だったら殺人くらいやりかねない、という偏見があるんだ」

朝鮮人だったらやりかねない、朝鮮人の味方をするわけにはいかない――。警察、検察、裁判所という密室の中でデッチ上げられていったこの事件は、こういった朝鮮人に対する日本人の差別感情に裏付けられ、正当化されてきたことを浮き彫りにしている。出稼ぎ者である上に朝鮮人であった李さんはやはり〝よそ者〟だった。丸正事件は単なる冤罪事件ではなかったのである。黒々とした権力の渦が一個の人間をのみこみ、生活が内包する感情の幅も時間もさまざまな可能性も奪い去っていく。私はこの日本の権力の〝巨大さ〟を丸正事件で思い知らされていた。

一九七六年、八月一日から七日まで、私は銀座数寄屋橋公園において、李さんの無罪釈放を訴えて一週間のハンガーストライキをやった。当初数人の仲間に手伝ってもらい、一人で座りこもうと考えていた私のハンストは、部落解放同盟の中山重夫氏の協力があり、かなり大がかりなものとなった。在日朝鮮人の解放なくして部落民の解放はないのだ、という中山氏の真摯な姿勢に私はうたれた。

だがハンストを終えた私は、実際思わぬ形で膨張した人間関係にたじろいでいた。スケジュールをびっしり書きこんだ手帳を持ち歩きながら、「差別」問題にとり組んでいる活動家たち。彼らの言葉はたしかに正しく整然としていた。だが、彼らのいう「朝鮮問題をやる」ということと私の抱いているものとはどこかが違うのだ。形のない圧迫感、違和感に私は悩んだ。

背筋が曲がっている。喉がかわききっている。私はそんな自分に気づき始めていた。朝鮮人であることが何なのかを考える前に、重苦しい排他性の前でただ隠そう隠そうと考えていた頃。だが、〈朝鮮〉を意識しだしてからも私の背筋は同じように曲がっていたのだ。辛辣な言葉で日本と日本人を告発し、一種の悲壮感で丸正事件を語る私の前で、道義的自負に酔う日本人は皆うなずいた。言葉と生活の距離は皮相な了解で埋め合わされ、主体性を踏まえるという前提も、馴れ合いの合言葉に成り下がっていた。あるのは切れ切れの感慨の寄せ集めと、むき出された意志だけだ。その虚々としたものに今度は自分自身が宙づりにされていくような思いであった。日本と日本人に対する反射的思考でしか自分の存在を確認できないのか。生きる問いかけも見出せないのか。私の中の〈朝鮮〉はそんなにもろく観念的なものなのか。結局、日本と日本人の前で猫背である私は変わらなかったのである。

四

本当の貧しさを知らない自分、知らないことの恥しさ。「活動家」にも成りきれず、泥臭い生活の体験も持たない私は、どうにも中途半端な自分の不格好さがいやでならなかった。だが、皮相な階級意識で図式化してしまうことのできない民族の問題、いや問題と書くこと以前に体の中をつっ走る憤激やいらだたしさがあった。

足立区のヘップ工場に就職口がきまり、格安の家賃で駅の真裏にあるアパートの二階を借りた。「そこの場所でしか、その生活でしか生きていけない人々の真似をするようなことは、その人たちへの侮辱ではないのか」と、私を直接非難する者もいた。問題は生活の形なのか、それとも意識なのか。だが、形と意識は別個に考えられるものなのか。何を言われても不透明な迷いに解答はなかった。

アパートの裏の空地に洗濯物が色とりどりになびき、東武鉄道の車輌工場から間遠に金属音が響いてくる。階下に住むおばさんの東北訛りの粘っこい大声が聞こえる。彼女は銭湯でも、走り廻る子供たちにけたたましい尖り声をあげていた。歩いて二分とかからぬところに銭湯はあった。銭湯はその土地に生活する人々の臭いや音、その抑揚みたいなものを教えてくれる。そこで私は体の不自由な人に多く出会った。湯気にくもった鏡の中で、湯舟の中で、体をぎこちなく動かしている人たち。無心にこの人たちの背中が流せるだろうか。頭ではなく、体で順応し反応していく精神の幅広さを、私はじかに試されているような思いがした。

就職するまでの数日間、私は仙台に行った。古城というバス停で降りると、前方に異様に高い鉄格子の表門が見える。宮城刑務所、この中で李さんは服役しているのだ。

私はハンストにおいて大切なことを忘れていた。李さんの獄中での闘いなしに果して丸正事件は語れるのか、という認識である。無期懲役囚は既決囚として親族以外は面会できないことになっている。面会は認められず差し入れさえも許されなかった。あの守衛の名も顔もよく覚えている。彼は規則に忠実に与えられた職務を果たしているのにすぎなかった。だが、こういう一人一人が李さんの生涯を規定してきたことを思うと、ゾッとするような寒けを感じた。石巻に住む李さんの長男にも会えず、私の初めての仙台行きは何の収穫も得られなかった。

東京に戻ると、私はすぐに働き始めた。そこは足立区でも大きい方の工場だったが、それでも年のいったアジュモニたちが四人、型をとるアジョシを入れて七人の従業員しかいなかった。薄暗い作業場にシンナーの臭いが充満し、型をとる圧縮機の音が黙々とした空気に一定のリズムを作っていた。

「若いうちにヘップ覚えとくといいよ、結婚してからもたすかるからね」

そのアジュモニは、亭主が商売に失敗してヘップをやり始め、生活を盛り返した女の人の話をしてくれた。アジュモニの日本語は、この地域から外へ一歩も出たことがないせいか、昨日韓国から来た人のようだ。若いのに苦労することなんかない、なんて毛頭考えない。

私は仕事を覚えるまで月々定額の給料をもらうことになっていたが、アジュモニたちは作ったヘップの数で給金が決まるから、朝早くから作業場に入る。いくら約束通りとはいっても朝、作業場に入るたびに赤面した。しばらくすると何だか持病の肩こりがひどくなってきた。姿勢も悪いし、シンナーのせいかも知れない。

「あの、最近頭がちょっと痛いんですが」作業中に私がそういうと、「空気悪いからね、でもそのうちに慣れてきて気持よくなるよ」といってアジュモニたちは笑った。大きな弁当箱にごはんを一杯詰め込んできて、キムチだけで食事をすませるアジュモニたち。私は若いせいか、あまり話しかけられなかったが、日常のとりとめのない話を聞いているのは楽しかった。作業のあい間に目と目の間を指で押さえてみたり、首を回して肩をたたいてみたり、そんな時、日々の疲れでアジュモニたちの顔はいっそう浅黒く見える。

社長家族は作業場の二階に新築した広い家に住んでいた。家族的関係、同胞のよしみ、そんなの嘘だ。業者間で定期的に健康診断を実施してみたらどうなのだろうか。自宅には最新式の冷暖房装置をとりつけていながら、作業場にはろくな換気設備もなかった。

社長の奥さんは化粧もうまく、歯切れのいい日本語を話していた。社長がある時期、韓国に頻繁に出かけていったことがあるらしい。最近はほとぼりもさめたみたいだと、アジュモニたちと話していた。私は耳をふさいで作業場からとび出していきたい気持をどうにか押さえていた。韓国に同胞の女性を弄びに行く自分の亭主を平然と送り出している。韓国は貧しいから年若い女が体を売るのはしかたがない、家庭を崩さない程度であればどうぞご乱行あそばせ、ということなのだろうか。

位相の違うここでも、大人の作り出す生活の流れは変わらなかった。私は、〝生活〟を生きている、という人々にどこかで憧れ、かくあるべきだと、その姿を勝手な思い込みで描き、美化していたのだろうか。

私はいつの間にか散調や民謡を口ずさめなくなっていた。埃をかぶったカバーから伽倻琴をとり出そうともしなくなっていた。〈生きている人間が何て多いんだろう〉と、そんな独り言をいっては、後悔や反省や自分の情なさで何もする気がしなくなっていたのである。

生活の賛歌なんて歌えない。歌おうにも語尾にはとても自信がない。虚ろなものが体の中に寒々とした空洞を作り始めていた。

この世にはさまざまな生活があり、そこで個々人が近寄りがたい定めのようなものを、生まれた時から背負いながら生きている。多分どこに行っても人間は具体的に、それこそきわめて直截に生きている筈である。たとえそれがどんなに醜悪であっても……。自分はどこで生きていくのか、一体誰と生きていくのか。相変わらず中途半端な私の放つ体臭のひどさは、その醜悪さの比ではないように思えた。このさまざまな生活の底に私は達してみたい。だが足に藻が絡みついて、その底に至る道は思っていたより深く険しい。

翌年三月、私は友人二人と仙台を再び訪れ、獄中の李さんと初めて面会した。畳敷きの狭い面会室。金子文子が朴烈に面会したのもこの部屋なのかな、とそんなことを考えながら李さんを待っていた。しばらくして現われた李さんは伏し目がちに私たちの前に座り、重たげな口許を開いてぽつりぽつりと語り始めた。「ここを早く出たい。出なければ何も言えないし、何もできないんだ」と。

看守が傍らでペンを走らせ、机の上に置かれた腕時計をこれみよがしに覗きこむ。限られた時間の中で話せるだけ話そうと言葉を探していた私の目に、土色の囚人服の胸につけられた「李」という名札がひどく生々しく焼きついた。李さんは「清水賢治」でも「シミケン」でもなく、李得賢として獄舎に縛られ続けてきた。あの名札の意味に私はこれからもこだわり続けたい。

五

「人間のつらをしている以上、やっていないことをやったとは言えないよ」

一九七七年六月十七日、仮釈放された李さんは病院のベッドにつくなり、二十二年間の思いをこう語り始めた。せきをきったようにしゃべりまくる李さんは時折、窓の外をじっと見つめては深い溜息をついた。その節くれだった指、ぶ厚い胸、長い労働生活できたえられた頑丈な背中を、私は濡れたタオルでふきながら、仮釈放を喜ぶ気持と、この人がどうしてこんなに苦しまなければならないのか、という思いでいっぱいだった。

李さんの仮釈放を契機に、私たちは文字に書かれた丸正事件からは読みとれなかった日常の像に触れることができた。かつて李さんが勤めていた大一トラック運送会社の運転手仲間、李さんが寝泊りしていた会社の隣りで理髪店をやっているご夫婦、李さんの奥さんの実家がある宮城県大須の部落の人々。丸正事件は意外なところで語り継がれていたのである。五年前に千葉刑務所を出所して後、行先のつかめなかった鈴木一男さんが初めて私たちの前に現われてきてくれたのが昨年［一九七八年］五月だった。「他人を信じることができなくなっちまったんだな」という鈴木さんにも、辛く苦しい過去が刻まれていた。「前科者、務所帰り」と指さされ、職場を転々としてきた鈴木さんの日に焼けた顔に、最近やっと笑みを見ることができるようになった。

仮釈放から一年目に李さんは三島と沼津を訪れた。実に二十三年ぶりのことである。「俺は浦島太郎だよ」と苦笑いする李さんの胸にどんな思いが去来していたことだろう。

町並は一変し、事件関係者はみな年老い、あるいは死んだ。家族との間にできた溝も埋めるすべがないほど深い。そして李さん自身も年老いた。すでに六十六歳。心不全のためにペースメーカー挿入手術も受けた。腹部を縫い合わせた手術のあとを見るたびに私の喉は痛くなる。いま韓国に帰れば兄さんに会える。余生は生まれ故郷、仁川で静かに暮らしたいと思うのが当然の感情であろう。だが、「無実をはらしたい。はれるまでこの日本を動かない」と李さんは固く決意している。

闘いという言葉を、私は以前のように安易には使えなくなった。闘いとは行為であり、日々の選択とその持続を意味するものでなくてはならない。こういった李さんの生き方が私に貴重な示唆を与えてくれたのである。私はまた伽倻琴を弾き始めた。

昨年秋、渡日した先生のオモニに、私は三年ぶりにお会いすることができた。先生のオモニは伽倻琴独奏者として著名な方である。私は毎日のようについてまわった。その中でも散調のフィモリの部分を教えていただいた日のことは忘れることができない。直接先生に稽古をみてもらえるなんて考えてもみなかったことだから、胸はどきどきして手が思うように動かない。間違えるとチャンゴがドンと鳴って「アニョ（違う）」と先生の低い嗄れ声がとんでくる。そのたびに背中に汗が流れた。気迫と緊張が十二本の弦に集中した鋭い空気に私は窒息しそうになっていた。

その日の稽古も終わり、私は一緒に夕食をいただいた。国語を知らないことの不自由さと恥しさにちぢこまりながら、食卓を囲んで私の前に座っている二人の親子の姿をじっと見入っていた。教えてもらったフィモリが肩のあたりに、弦の硬さが箸をもつ指先によみがえってくる。「新羅古記」という古い書物の中に書かれている干勒という人が伽倻琴を創り、今日までどれほど多くの人々がこの楽器を爪弾き、音色に聴き入ってきたことだろう。生活の底で深く静かに地下水が流れ続けている。ふとその地下水の流れる音が聞こえてくるような気がした。

日本に滞在中、先生がその場で即興の演奏をしてくれたことがあった。初め両手指の巧みな動きに気をとられていた私は、次第にチニヤンジョの悩ましさに魅了され、目を閉じて聴き入っていた。それは人間の肉声そのものだった。それまで頭のすみにこびりついて離れなかった姜舜さんの詩「地紋」の中の〝乳腺〟のイメージをその時、私は私なりにつかめたような気がした。

頑丈な手足と
きれながい眼尻も涼しい種族
銀の鈴を鳴らし鼓をうち
歌舞して聡明さと瞑想をきわめた
白シャーマニズムの流れよ　乳腺よ

――「地紋」より

千五百年もの間、宮中の為政者や一部好事家たちのためだけの楽器に堕することなく、今日まで大衆の楽器であり続けたのは、この音色のもつ声楽的要素と豊かな叙情性にある。人間の肉声に酷似しているが故に聴く者は心を動かされ、弾く者はたえず未完を感じ、精進してきたのだった。ゆるぎない世界があるのだ。歴史や人間たちとともに生きつつありながら、同時に屹立とした力強い持続の世界があるのだ。そんな心地よい実感を私はじっと噛みしめていた。

自分の血というものを思わずにはいられない。散調を弾く私の体の中には偽ることのできない確かな血が流れている。そしてその血が李得賢さんの涙を語り続けなければと私をつき動かす。

チニヤンジョ、チュンモリ、チュンジュンモリ、クッコリ、チャンモリ、フィモリ……。

それでも自分の〈朝鮮〉に向かって動き続ける私の息づかいは、この間断ない散調の律動感の中で今も相変わらず不安定である。

若者に伝承されていく朝鮮人蔑視

時折、アパートの裏通りを自動車が走り過ぎる。涼しい風がふいてきてしのぎやすくなった夏の夜、もう寝入ったかな、と子どもたちの寝顔を見ながら私は扇風機を止めた。伽倻琴《カヤグム》という韓国の琴を習い始めて四年が過ぎた。それは、先生の子どもたち――今、私の傍らで寝ている貴子と明――と付き合い始めてから四年たったということにもなる。先生の家と私の家はさほど離れていないので、いつの間にか内弟子のような形になり、一緒に食事をしたり子どもたちの勉強をみたりするようになっていた。今日は先生の出稽古の日だ。子どもたちの子守かたがた私は留守番をひきうけていた。

小学校二年生の貴子はぽっちゃりと太って最近は一段とおませになってきた。一年生の明はおどけてよく人を笑わせる。二人はとても仲のよい姉弟である。

先生は結婚を契機に渡日して八年。日本語の文字は一通り読めるにしても、子どもに絵本を読んで聞かせるのはまだおぼつかなかった。つっかえつっかえ読むのにしびれをきらした子どもたちは、私に絵本を読んでよ、とせがんだ。皮肉なことだ。民族の言葉をろくにしゃべれない私が先生の子どもたちに日本語の読み方を教える——。自分の気持ちのどこかがぐらつきそうな物悲しさがこみあげてくる。

私は『みにくいあひるの子』を二人の肩を抱きながら読んだ。何度読んでも、最後にあひるが白鳥になったさし絵のあたりにくると私の声は震えだす。みっともないなあ、と思いながらも目がどうしようもなくうるんでくる。わあ、先生また泣いてる、と言って笑う二人の肩をもっと強く抱きしめるのだが、それ以来、私は二人に対してあまり〝威厳〟のない先生になってしまった。くすくす笑いながら、「ねえ、『みにくいあひるの子』読んでよ」と二人にからかわれる始末である。

この日本に生まれ、育っていこうとしているこの子たちの境遇と私の幼年期は、似通っているようでいて、かなり距離があると感じていた。植民地時代に日本に移り住んだ父母を親にもつ私と、解放後の韓国に生まれ育った先生を親にもつ子どもたち。日本に帰化した両親に、私は同化せずには生きていけない日本の厳しさを見てきた。だがこの子たちは、毎度の食事に必ずキムチをたべ、毎日母親が弾く伽倻琴の音色と民族の歌を聞いている。それぞれの時代的背景と時間の流れ、日々の生活のあり方が、同じ在日外国人でありながら、その位相を著しく異なったものにしていた。〈日本語なんて上手にならなくてもいいのに〉と心の中でつぶやきながら、『みにくいあひるの子』を読んで一人物悲しくなってしまうのは、私が時代錯誤におちいっているのかもしれなかった。

「明日の卒園式にはチマ、チョゴリを着ていくよ。ねえ、どの服がいいと思う」

二年前、貴子の卒園式の前夜、先生は行李から韓国服をとり出しながら言った。私は韓国人だもの、隠すことはないよね、と。

だが卒園式にチマ、チョゴリを着てきた母親に送り出されて小学校に入学した貴子と明は、思った通り、私と同じものの前に身をさらすこととなっていった。

「ねえ、ママ、何で日本人にならないの」。明が、ある日こんなことを言いだした。私は思わず先生と顔を見合わせてしまった。貴子はただ黙っている。そんなことがあってから私はこの二人に対しちょっとした緊張感を持つようになっていった。今日は留守番でいい機会だ。先生を送り出し、三人で夕食をした後、私は何気ない素振りで明に聞いてみた。

「明ちゃん、明ちゃんが韓国人ていうこと学校のみんなは知らないの」

「当たり前だよ、言ったら仲間はずれにされちゃうもの」

私は言葉につまった。明の横顔を見て私はそれ以上話しかけるのをやめた。

明にはよくわかっているのだ。体を不自由に縛りつける視線の洪水の只中に自分がいることをもう知っているのだ。

変わっていないのだなあ、と思う。すやすやとこんなにあどけない顔をして寝ている小さな二人の胸奥に、あさましくもはなはだ雑然としたこの日本の中に生きていく、そのための処世のかけらがすでに刻まれ始めているなんて。

変わるわけはないのかもしれないな――。私は四年前に家庭教師をしていた二人の女子高校生のことを思い出した。彼女らは、教育ママたちの意に反してすこぶる成績が悪かった。高一といえば因数分解、だが彼女たちは分数の計算もろくに理解していない。中間、期末の試験前は、明け方近くまで勉強をみてやらなければならなかった。

私自身、そう暇のある人間でもないのに人がよすぎる、と戒めながら、時間が過ぎても立ち上がろうとしない彼女たちを帰すことができなくなっていた。

映画スターや歌手の話が始まると彼女たちの眠たげだった目がぱっと輝き、話題が話題を呼んで終わることがない。いつ勉強にひっぱり込もうかと私は機を窺う。次第に張り切って「じゃあ、この問題もやってみようね」と言い出すと、二人は口をそろえて「先生、もうこれで十分よ。これ以上やると頭が痛くなるわ」。

色白で端正で、縫いぐるみを作るのが大好きなお嬢さんたち。彼女たちの悩みの大半は、友人の誕生パーティーに着ていく洋服のことや女子校にありがちな「お姉さま」と「いもうと」の恋愛問題だった。

自分が朝鮮人であると明かすキッカケを私は失っていたのだが、

「先生、チョンコウの生徒ってねえ」

ある時、麻紀がしゃべり始め、私はドキリとして顔を上げた。麻紀は朝鮮高校生たちの行状を次から次へとあげつらう。

国士舘の学生と朝鮮高校生のいがみ合いは知っていた。だが、それはどす黒い「大和」が凝縮した国士舘のいかめしい制服姿とは重なり合っても、おしゃれをすることだけが楽しみな、深窓に佇むこのお嬢さんたちとはどこか不釣り合いだった。私は、今さらながら、朝鮮人という言葉のもつ意味の根深さを思った。

「Ｓが朝鮮人だってことを知ってる？」ある男性人気歌手の名をあげて私は言った。二人は驚いた。そしてしばらくしてこう言うのだった。

「化粧品のＣＭに出ているあの女の子、ハンチョウなんですって」

「ハンチョウ？」

「半分朝鮮人って意味よ。おとうさんが朝鮮人なんですって」

私は呆然として二人の顔を見つめた。この子たちは混血児さえも容赦しないのか。

翌年、彼女たちが二年生の夏休みに入る直前、私は喫茶店に二人を誘った。そして自分が朝鮮人であることを明かした。二人はかなり動転し、赤くなったり、うつむいたりしていたが、

「でも、先生は違うわ」

二人はそう言った。一体、何が違うというのだろう。身近な人間が朝鮮人であることを突然知り、驚きと拒絶感が入り混じる中でことばを必死に探していたのかもしれない。

あの日の後、伽倻琴を聴かせたり、答えられる限りの話をしながら、彼女たちが卒業するまで家庭教師を続けた。私は、結婚し、子どもを生み育てていくであろう大勢の女子高校生たちのことを思わずにはいられない。彼女たちは朝鮮人のことをどう考えているだろ

うか。自分が生む子どもたちに朝鮮のことをどう話して聞かせるだろうか。

ふと我にかえった私は二人の寝顔を見ながら心の中でつぶやいた。

「貴子、明、あのね、私はあなたたちにいまこれだけはいえる。この日本で生きていくのは、少々荒っぽいことなんだよってね」

*

受賞のことば

韓国語で、愛は사랑《サラン》と言い、人は사람《サラム》と言う。

そして人の生そのものを삶《サルム》と呼んでいる。

この世界の成り立ちと、この世界をひきうけていかざるを得ない人間にとって、何よりもかけがえのない愛、人、生、という言葉が、사-ㄹ《サル》という同じ音から始まっている。

同じ音でとらえずにはいられなかった祖先たちの思いを、私は信頼し、尊敬したい。そして同じ音が繰り返される中で、言葉そのものにためこまれてきた力、としか言えない何かを、これからも確かめ続けていきたい。

日本語も、愛は、あ、から始まり、生もまた、古くは、あ、と読まれていた。人としての同じ思いが、同じ音の中に浸しこめられてきた。

強く、温かく、たおやかな息づかいを、私は二つの言語の響きの中に感じ取る。

今からなのだ、と思う。

生き行くためのことばの杖。血のうねりの只中で、その厚みを得ていくことができれば、と願っている。

資料　私

私は太宰治がすきで
少しの問題が身におこると
全集をひっぱりだして読むのだ。
欲求不満が解消される思い。
特に「女生徒」がすきだ。
主人公とは身の上も環境もちがうのだが
考えかたには親近感をおぼえる。
時々、自分に勝てないことがある。
勝てないというのは、

わざと自分が知性を身につけようと思い
おこなうポーズに
真の自分がかなわないのである。
知性というものは、しぜんにつけられ
養われていくものであって、
わざとしているのは、きっと知性が
あるように、ふるまっているだけ
なのかもしれない。
そこで私は、自分の卑屈さをしり
またまた真の自分と遠ざかってしまう。

私は、この世の中のどういう位置に
存在しているのだろう。
一分一分、一秒一秒、その
せつな、せつなは私の生涯の

どういう位置にあるのだろう。

私は、太宰治がすきで
人生について疑問があれば、
全集をひっぱりだして読むのだ。
「人間失格」はむずかしい作品だ。
世の中がいやになる。
みにくい、
私はいったいなんのために
生まれてきたのだろうか。
そして
私はなんだろう。
さて、今ここにいる私は
そんな事を考えてはいけない。
とくとくと人生はすぎていく。

私は永遠に私を追うだろう。
そして、
つかれて死んでしまうのだ。
それが私だ。

*本稿は著者が「田中淑枝」の名で山梨県富士吉田市の下吉田中学二年生時に執筆し、『すその――富士吉田市作文選集』十七号（富士吉田市立教育研修所、一九六九年）に掲載された作文。後年、著者は自身の「名前」についてこう記している。「（一九六四年に在日韓国人の）両親が日本に帰化する。田中淑枝《たなかよしえ》が本名となるが、良枝の字を使っていた。私は未成年で、自動的に日本国籍を持つことになったが、当時十六歳だった長兄が日本帰化に反対していたことを、二十歳を過ぎて知ることになる」（「年譜」『李良枝全集』講談社、一九九三年）。なお著者が小中学生の頃に執筆し、公刊された作文には下記のものがある。

「五年」『すその――富士吉田市作文選集』十四号（富士吉田市立教育研修所、一九六六年）
「『二十四の瞳』を読んで」『読書感想文集』（富士吉田市学校図書館協議会、一九六六年）
「ひとりでいる時」『すその――富士吉田市作文選集』十六号（富士吉田市立教育研修所、一九六八年）
「『地獄変』を読んで」『読書感想文集』（富士吉田市学校図書館協議会、一九六八年）

山梨県富士吉田市下吉田、月江寺池にて。
1962年（7歳）頃の著者。

韓国済州特別自治道西帰浦市、済州民俗村にて。撮影年不明。

韓国済州特別自治道西帰浦市、済州民俗村にて。
撮影年不明。

韓国ソウル特別市鍾路区仁寺洞。1988年。

韓国ソウル特別市鍾路区新門路、李敏子さん宅にて。
1987年。

東京都、知人宅にて。1988年頃。

山梨県南都留郡富士河口湖町、御坂峠「天下茶屋」にて。
1989年。島崎哲也太撮影。

姉・李良枝のこと

李栄

朝起きると、外は雪が降っていた。居間のちゃぶだいの上に、「お母さんとさかちゃんへ」と書いた封筒があった。何だろう、と思いながら、まだ寝ていた母に見せる前に封を開けた。

「私は、このままでは、生きている意味がありません。学校を退学して、自分ひとりで、いちからやり直してみようと思います。心配しないでください。さかちゃん、お母さんのこと頼むね。わがままな姉を許せ」と書いてあった。その日までの何ヵ月というもの、姉は部屋から一歩も出ないで、本ばかり読んでいた。ご飯を食べにさえ、二階から降りてこようとはしなかった。私は、泣きじゃくりながら、母を揺り起こした。「お母さんが、お父さんといつも喧嘩ばかりするから、お姉ちゃんは家出しちゃったんだよぉ。お姉ちゃんもずるい。私も連れてってくれればよかったのに。あたしもこんな家出たい」。富士山からの吹きさらしの風と雪は、家の中をいっそう凍らせた。

姉は小学校の頃からずっと、成績もよく、明朗活発な女の子だった。それが高校に入った頃から、勉強もせず部屋に閉じこもり、難しい本ばかり読んでいて、学校にはほとんど行かなくなった。夜になると、試験勉強する、と言って外出したり、友人の家に外泊をしたりするようになっていた。両親の別居状態はずいぶん前から始まっていたし、上二人の兄たちは東京の父のところに住んでいたので、この家には母と姉、私そして妹の四人の女ばかりになっていた。両親の不仲の原因が何なのか、幼い私たちには、はっきりわからなかった。しかし父が東京から帰ってきて、すさまじい夫婦喧嘩を見せられるより、この状態の方が私たちにとってはずっとよかった。

なぜ、姉が家出して京都に行ったのか、その時中学生だった私には理解できなかった。それより姉の起こしたこの騒動で、また父が母を罵倒し、母が父を恨み、喧嘩が始まる。それに、こんな小さな田舎町だから、近所中の噂の的になる。それが怖かった。案の定、父はすごい剣幕で、しつけの悪さが娘をこうさせたのだ、と母をののしり、母の混乱でまだ小さい妹の泣きじゃくる声ばかりが家に響く毎日が続いた。とにかく、姉から連絡が来るまで、待たなければならなかった。

しばらくして、持ち金が尽きたと言って、姉はひょっこり帰ってきた。

「私たちは朝鮮人だし、いくら勉強してもいい仕事にはつけないんだから、こんな田舎を出て働くわ。でも、お父さんのいる東京には行きたくない。京都で生活する。あそこには、文化があるし、私たちのこと知ってる人は誰もいないもの」。そう言って、今度は本気で家を出ると言い出したのだ。こうして姉は、母の知人の紹介で、京都の修学旅行専門の旅館で住み込みで働くことになった。

高校ぐらい出ていないとこれからの世の中はだめだから、と旅館の主人の口利きで、働きながら京都の高校に通い始めたのが、姉が十八歳の時だった。姉は、よく手紙を書いてきてくれたし、寂しい時は夜遅く公衆電話から電話をかけてきた。

「さかちゃん、鴨沂《おうき》高校って、ジュリー（沢田研二）の母校なのよ。ジュリーが使ってた野球部の更衣室のドア、さわってきちゃった。それにね、この学校、制服もないし、すごく民主的な校風なの。いいでしょう。でも、仕事はつらいよ。足が棒のようになっちゃって、寝る時は、もうぼろ雑巾のようにぐったり」

両親の話をする以外は、私たちは仲のいい姉妹だった。私が中学三年生になって、修学旅行で京都に行くことになり、一年ぶりで私は姉の顔を見ることができた。田舎にいた頃にくらべてずいぶん大人っぽくなった姉を見て、うれしいような、悲しいような気持ちだったことを覚えている。

「さかちゃん、あの二人どうしてる？　相変わらず、騒動起こして、憎み合ってんでしょ。早く別れちゃえばいいのにね。さかちゃんには、申し訳ないと思ってるよ。私の代わりに板挟みの役、やらなくちゃならなくなったもんね」

「うん、本当にいやだ。調停でもだめだから、今度は本格的に裁判になるんだって。お姉ちゃんの代わりに今度は私が、学生服着て裁判官の前で、涙流して聞いてなくちゃなんないのよ。学校休んでまで、行きたくない。こんなことだれにも相談できないしさ。お姉ちゃんの家出の件で、お父さん、いっそう有利になったみたい。娘の教育もしっかりできない母親は失格だ、ってね。それに、お父さんはお金あるから一流の弁護士雇ってるけど、こっちは近所のよしみで頼んだよぼよぼの爺さん弁護士だもの。勝敗見えてる。お母さんは例のあの調子で、裁判所だろうがどこだろうが泣きわめいて、お父さんにつかみかかるし。見てください、こんなに常識のない女なんですよ、夫を夫として見ていない、ってまたあっちの有利になっちゃうんだ。お父さんの弁護士、『朝鮮の女はみんな、ああなんですかね』って聞いたそうよ。お父さん、別れ際、私におこづかいくれながらそう言ってた。あーあ、つくづく、どうしようもない大人たちだって思うよ。子供、五人もこさえといて、何言ってんだよね。お姉ちゃん、お金稼いで、私も早くここに呼んでよね」

高校を卒業して、そこの旅館をすったもんだの末やめた姉が、とうとう帰ってきた。以前はふっくらしていた姉が、ずいぶん痩せて、大人に見えた。でも一番変わったのは、姉の口調だった。朝鮮民族の血にまみれた歴史がどうの、自覚がどうの……、日本国に対し断固戦う……とか。私はあきれながらも、へえ、そうなんだ、と檄を飛ばす姉を前にただ聞き入っていた。

「そんな日本に帰化をしたオヤジを、私は許さない」と息巻き、東京の父の事務所に糾弾に行く、と言って飛び出していく。離婚裁判に加えて、争いごとが増えた形になって、私はまたおびえていた。一番上の哲夫兄は跡継ぎとして、東京の大学在学中から一軒家をあてがわれ、父の溺愛の中にいた。温厚で、クラシックからジャズにいたるまで、何百枚ものレコードを持っていた。小さい頃から、身体はあまり丈夫ではなかった。

百キロ近い体重を持て余していた感じで、まだ二十代なのに、成人病の薬を毎日飲んでいた。両親の離婚をめぐる家庭の分裂が、兄二人は父の方に、妹の私たち三人は母の方に、という形になっていたけれども、東京の兄の家に兄弟姉妹だけで集まると「二人の子供やめたい」だけは五人とも一致していた。二番目の哲富兄はちょっと変わっていて、「二人は本当は愛し合ってるんじゃないか」と真面目なのか茶化しているのか、突拍子もないことを言う。かと思えば、「俺はいっさい関わりたくない」と言って自分の世界に閉じこもってしまい、何日も連絡がとれないような人だった。

京都から戻った姉は、兄の家に居候することになり、東京の二人の生活が始まった。自由奔放で口の達者な姉と、おっとりと無口で平和主義的な兄とは、性格はまったく違うけれどもすごく気が合っていた。離婚裁判で敵味方になる形が、二人の混乱の種だったことを除いては。

その頃、姉は「私やっぱり大学に行く」と言って、兄の家で猛勉強を始めた。父は「女には学問なんて必要ない」と反対していたが、思い込んだら岩でも動かしかねない姉は、相兄の説得もあって父から入学金援助を受け、早稲田大学に入学した。山梨の田舎では、相変わらず、母と私と妹で生活していた。父は月に一、二度、妹と私に会うために学校の校門まで車で迎えに来て、籠坂峠のレストランで食事をし、家には寄らず東京に帰っていく、というパターンを繰り返していた。そして今度は母の悪口に加え、問題児、姉のことも愚痴り始めるようになったのだ。大好物の海老フライの味は、いつも涙でしょっぱかったのを覚えている。

遅々として進まない裁判と、家庭内のぎくしゃくが何年も続き、みんな疲れ切っていた。哲夫兄は大学を卒業し、ジャズスナックを新宿歌舞伎町で始めた。姉は韓国語を本格的に習い始めたり、一方では政治運動に燃えていた。名前も、田中淑枝《よしえ》ではなく、李良枝《イヤンジ》と名のり出した。せっかく入った大学には通っておらず、アルバイトやいろいろな集会に参加すると言って、しょっちゅう飛び回っていた。大学をいとも簡単にやめたことで、父の怒りは頂点に達し、そのとばっちりが私にまで回ってきた。私は山梨の高校を卒業間近で、進路を考えていた頃だった。大学に入ろうとした私に父は、入学金はいっさい払わない、もっと実社会で役立つ職業に就け、そのための勉強にならお金を出してやろう、と言うのだ。姉に相談すると、「私は大学を否定する。学ぶ価値は大学には見いだせない」とまたもや檄を飛ばす。もうこれ以上のトラブルをさけたかった私は、簿記の専門学校に入ることにきめ、東京で兄と姉、三人の生活が始まった。

朝、私が起きる頃、二人は新宿の店を閉めた後に何軒か飲み屋を回って、酒臭くなって帰ってくる。姉は兄の店を手伝い始めていたのだ。「さかえ、いつも悪いなぁ」と兄。掃除、洗濯は私の役目だった。この二人だけにしておくと、酒瓶はあちこちに転がっている、布団は敷きっぱなし、とひどいものだった。姉は日ましに韓国に没頭し、昼は韓国語の勉強と、伽倻琴《カヤグム》を習い始めていた。姉が韓国語で「鳳仙花」という歌を歌ってくれた時、私はすごく感動し、姉がカタカナで書いてくれた歌詞を見ていつも口ずさんでいた。「君たちもハングルぐらい学びなさい」と言って、韓国人留学生をいきなり家に連れてきた時は、兄と二人、本当にあわてた。やることなすこと、すべて突然で、こちらの了解なしなのだ。でもどうしてなのか、理論でまくしたてられるとすべて従ってしまう、兄と私だった。

丸正事件の再審請求運動に姉が関わった時もそうだった。突然何日も帰ってこないと思うと、「兄貴、カンパして」「さかちゃん、正義のための軍資金貸してよ」と言ってくる。姉はいつも何かに追いかけられているように、次から次へと問題を抱え、焦っているように見えていた。毎晩お酒なしには人に会えないのかしら、と思わせるぐらい、飲んで帰ってくる。きっと強くはないのだろう。タクシーの中だろうがどこだろうが眠り込んでしまい、それも、どんなに揺り動かしても絶対に起きないのだ。一緒に飲んでいた人たちは、「ヤンジがまた化石になった」と言って明け方近く電話をしてきて、私は姉を部屋の中にかつぎ込む。翌日は、まるで何もなかったかのようにケロッとして、「ある瞬間から、記憶がなくなったの。迷惑かけた？」などと言う。自己嫌悪に陥っては、一日、二日はいい子にする。もう飲んじゃだめ、特に一人で飲むのは絶対ダメ、と私にしかられて、ハイわかりました、もうしません、と約束するのだが、また同じことを繰り返す。

兄も姉には、ほとほと手を焼いていた。

「客より先に飲んで酔っぱらってどうするんだ。それに客に食ってかかるし、おまえなんか、クビだ」

だが、歌舞伎町のスナックは、姉の関係のお客が多かった。兄は一見無愛想だったし、姉が店に入ると華やいだ感じになっていた。兄の人柄を気に入ったお客は「哲ちゃん、哲ちゃん」と慕っていたが、ツケで飲む客やお金のない客が多かったから、商売繁盛とは言いがたかった。

そんな時、兄は恋愛した。年上の女性で、兄は母のように世話をしてくれる彼女と「結婚しようと思う」と私たちに打ち明けた。もうちょっと付き合ってからにしなよ、と言う私たちに、「こんな俺を愛してくれる女性なんて、一生見つからないかもしれないし」と大きな身体を揺すりながらつぶやいた。兄を取られたような、複雑な感情で、私と姉はその結婚を反対していた。特に姉は、日本の女と結婚するなんて、と猛烈に攻撃し、ますます兄はその女性に助けを求めるように、妹である私たちにこの家を明け渡すから、と言って彼女の家に行ってしまい、帰ってこなくなってしまった。姉は兄の店を辞め、代わりに、その女性が手伝うことになった。

二番目の兄とはほとんど顔を合わす機会がなかったが、ある日、兄が高熱を出して寝ている、と父の従業員から電話があった。聞くと、もう三、四日続いているという。父の経営している、大久保の旅館の一部屋で寝ていた兄を迎えに私と姉は行った。「おう、久しぶりだな」と言ったきり、はあ、はあ、と息をついている兄を大急ぎで救急車に乗せ、病院にかつぎ込んだ。風邪をこじらせたのでしょう、と言われ、解熱剤をもらってその晩から家で寝させ、様子を見ることにした。翌日から熱も下がったので、安心しているとまたぶり返す、といった状態が続いた。「俺、大きな病院行きたいな」とうわごとのように言うので、「そうしよう、明日、お父さんに連れてってもらおうね。苺ミルク食べる?」。スプーンで口に運ばないと食べられないくらい、兄は弱っていた。

「俺、小さい時、木から落ちたろう？　それでぶつけたから、頭、悪いのかなぁ。迷惑かけたなぁ」。その言葉が、うわごとなのかどうなのかわからなくて、私と姉は目を合わした。それが兄の言葉としては、最後になってしまったのだ。

翌朝、父と兄と姉が病院に連れていき、私は会社に出勤した。

「さかちゃん、お兄ちゃんの様子、変なのよ。まるで呂律は回らないし、目はうつろで。今、ぐっすり寝てるけど。会社終わったらここに来てね」。そういう電話が姉からかかってきて、兄はその日から、目を開くことも口をきくこともしない植物人間になってしまった。酒もタバコもしない兄は、健康で若かった。病気の原因も回復の見込みも医師からははっきりと告げられぬまま、二年間、その病院のベッドから起きあがることはなかった。

父は毎日病院に行って兄の世話をし、全財産をなげうってでも助けたい、と医師に告げた。

バラバラだった家族が、兄のことで病室に集まり、顔を合わせるようになった。兄の入院を機に、山梨の家を引き払い、母と妹が東京に住むことになったのだ。しかし、父と母のいがみ合いはやまなかった。こうなったのも父が先祖を大事にしていないからだ、と母が父をなじり、父は母が、一度だって兄の様子を心配して東京に来たことはなかった、母親らしくない、と睨み付けた。両親に加え、姉は父と帰化のことや民族の問題でやり合うし、きっと寝ている兄は悲しんでいるだろう。もうやめて、ここから出ていって、と兄の手を握りながら私は叫んだ。

哲夫兄は結婚し、スナックを閉め、サラリーマンになった。

「俺には、水商売は無理だったんだ。幸せな、平凡な家庭を築きたいよ」

病室で兄と会った帰りに、私たちはよく駅前の焼鳥屋に入った。

「おれ、嫁さんから、カロリーコントロールされてるんだ。秘密だぞ、焼き鳥食べたの」

「お兄ちゃん、すっごく痩せたねえ。でも顔色悪いよ。お兄ちゃんの方が、病人みたい」

「子供ができたんだ。おまえもおばさんになるんだぞ。哲富にはかわいそうなことをした。早くよくなればいいなぁ」

兄は、土色の顔を悲しそうにゆがませていた。

母と妹が山梨から来て、女ばかりの生活が東京に移ってきた。私は仕事をしていたが、姉はいつもお金がなくて、ピーピーしていた。会社勤めなど一度もしたことのなかった人だったから、今日の食事代五百円、とか言って私に手を差し出す姉を見て、情けなくなってきた私はアルバイトすることを勧めた。同じ姉妹でも私は独立心が強く、以前から昼は会計事務所、夜はスナックで働いていた。池袋のスナックで当時、時給八百円をもらえたので、週三回通っていたのだ。「さかちゃんと一緒じゃなきゃ、怖い」と言う姉を、そこのママに紹介し、翌日から働くことになった。私は源氏名を「さゆり」、姉は「ゆかり」とママからつけられた。姉は客のそばで座ってお酌をしたり、タバコの火をつけたりするのがぎくしゃくしていて、「ママ、この子ウブだね」なんて客にからかわれると真っ赤になって下を向いている。帰り道、「女を何だと思っているんだ。屈辱的な仕事よね」と怒る姉を、「いいじゃん、わりきるのよ、おカネ、おカネ」と私はなだめた。

そんな姉がアルバイトを長く続けられるわけがなかった。突然、「私、ソウルに行く」と言い出したのだ。姉は、母ともうまくいってなかった。長女の姉に対する母の言動は、父にお金を要求しろ、ということばかりだったし、仕事もしないで難しい本を読んでいる姉を、遊んでばかりいる、と責めていた。私も、「お姉ちゃんは、いつも逃げる。自分さえよければいいの?」と責めた。黙りこくった姉は、次の日から帰ってこなくなった。一人で飛行機に乗り、姉は本格的に韓国に留学することを決意した。それが、一九八〇年、姉二十五歳の冬であった。

姉が、ソウルから突然帰ってきた十月のある日だった。夜遅く、電話が鳴った。哲夫兄の妻からだった。「えーっ、誰が?」。電話口に出た姉は、受話器を置きながら呆然としている。しばらくして「哲兄が、死んだ」とつぶやいた。タクシーを飛ばして世田谷警察に行くと、そこには大きな兄の身体が、横たわっていた。父も母もみんな、放心状態だった。信じられなかった。兄の身体に触れてはいけない、と警察の人に言われて、遠巻きで兄に声をかけた。「お兄ちゃん」「てつおー」。線香がたなびいているのが、おかしく思えた。兄は安定した家庭を築きたいと言って、それが実現した矢先だったし、子供が産まれたばかりであんなに喜んでいたではないか。会社からの帰宅途中の駅のトイレで倒れていたところを、発見されたのだという。検査の結果、死因はクモ膜下出血だった。

姉がソウルから帰ってきていたのも、偶然のこととは思えなかった。通夜の晩、姉は知っているかぎりの韓国の歌を歌った。亡くなる何日か前、兄は父に「おやじ、連絡船の歌、歌ってくれよ」とせがんだという。父はトラジ、アリラン、連絡船の歌を、兄と酒を飲みながら歌った。「韓国に行ってみたいな」。兄はそうも、言っていたという。

葬式は、盛大だった。友人の多い兄、誰にでも慕われていた兄は、たった三十一歳で逝った。病室で寝ている哲富兄は出席できなかったけれど、父が「おい、富。哲夫が死んだよ」と手を握ると、大粒の涙を流し、手を握り返した。呼吸を荒げ、嗚咽している。兄は全部わかっていたのだ。

その日から、母はあらゆる宗教に首をつっこんだ。兄の病室には、入信を勧める信者の人たちが朝夕現われ、「息子さんを助けるために、祈りなさい。一度、道場に来てみてください」と父を説得する。強い薬を注射しても熱の下がらない兄はどんどん衰弱し、床ずれもひどくなり、尻の骨が見えるほどになっていた。かすかに動いていた指も全然反応がなくなって、目は閉じたまま、精気は失われていった。私と姉は、母に言われるまま、遠くにある宗教の道場に通った。きんきらの道場でお祈りを聞いて、高価なお札をもらい、父の目を盗んで寝ている兄に「清い」と言われる水を口に含ませたり、呪文の書いてある紙をちぎって病室中にまいた。何をしても、兄は治らなかった。このことで、父の母への怒りが頂点に達した。父は、迷信は信じない、何を根拠に言うのか、と母や私たちを拒絶する。長男の葬式がきっかけで否が応でも顔を合わすはめになった両親は、反省するどころか、二人の憎しみ合いはもっと根深く、複雑になるばかりだった。

韓国という他国ではなく、母国に帰るのよ、と言ってソウルに行った姉は、日本を棄てたというより、この両親、家から逃れていったのだと私の眼には映った。ときおり届く手紙には、韓国での新しい生活の様子が事細かに書かれていたし、自分が思い描いていた韓国、母国とは違うのよね、私はいったい何者かわからなくなる、とも書かれていた。姉はいつも、哲兄がソウルに来ているような気がする、と言っていた。

兄の葬式で、つきあいを断ち切っていた父の親戚、母の親戚が何十年ぶりかで集まってきた。ウリマル（韓国語）を勉強していた姉が話しかけると、親戚たちはうれしそうに「アイゴー」を連発し、父は苦笑いだった。そんなきっかけと、長男を失った哀しみで、父と姉は次第に口をきくようになってきていた。韓国に行きたい、と兄が言い残していたこともあって、姉は韓国の大学留学に対する援助を父からとりつけた。姉のことを問題児だ、台風の目だ、と冗談めかして話す父の目は細くなり、すごくうれしそうに話し出すほどになっていた。兄の死後になって、姉と父が和解できたことは、あまりにも皮肉だった。

姉は大学に行きながら、伽倻琴や、韓国の舞踊を習っていた。「さかちゃん、サルプリという踊りは、白い、全身白ずくめで、踊るのよ。まるで、蝶のように。長い、白いスゴンはあの世とこの世を結ぶ架け橋になるの。哲兄と交信できる気がするわ」。そう、手紙に書いてきたりもした。

「それに、在日僑胞ってたくさんいるのよ。日本にいたら、出会えなかったと思うわ。話を聞くと、どの子の家庭も、とっても複雑。うちだけじゃないのよ」

まるで新発見でもしたかのように、電話をかけてくる姉の声に私は相槌を打ち、妙な安心感を覚えた。私には友人にも、知り合いにも韓国人はいなかった。私の両親が韓国人だと知る人も、まわりにはいなかった。韓国を自覚させるものは、姉の存在を除いて、何一つなかったと言っていい。

知り合いもいない韓国で、姉の唯一信頼できる人は、敏子《ミンジャ》さんという年上の女性だった。だれかの紹介で彼女と知り合い、姉は世話好きな敏子さんをオンニと呼び、肉親以上に慕い始めた。一人暮らしの生活が基本的にできない姉は、敏子さんのおかげでまともに食事もし、生活できていたと言ってもよかった。初めて私が韓国まで姉に会いに行った時、敏子さんに会ったが、二人は愛し合っている恋人のように、姉は甘え、敏子さんは姉をかわいがっていた。

初めての韓国は、やっぱり私には、外国だった。ハングルを読めない、韓国語をしゃべれない私は、姉がいなければどこにも行けなかったし、食べまくってばかりいた。敏子さんの作る韓国の家庭料理は絶品だったし、敏子さんの家庭はあたたかかった。姉はきっと、この家で日本では味わえなかった家庭のぬくもりを感じ、甘えていたのだろう。ぎすぎすと、突っ張っていた感じの姉はそこにはいなかった。

哲夫兄の一周忌を終えたその年の十二月、丸二年間、病床にいた哲富兄が静かに息を引きとった。病院側のできるあらゆる手を尽くしても、兄は回復しなかった。その日、私は朝から無性に病院に行きたかった。泊まりの用意をして会社に出勤し、家政婦と交代で、兄の喉に開けられた穴に溜まる痰を管で吸い出したり、身体の位置を替えたりしていた。深夜を過ぎた頃、私は兄に背を向け、鏡の前で歯を磨いていた。すると、鏡の中の兄が私の方を向いてうっすらと目を開け、うなずくような顔をしたかと思うと、静かに目を閉じた。振り返ると、兄の顔から、血の気が引いていくのがわかった。魂が抜け出るように、頭から爪先へと、ゆっくりと身体が沈んでいく感じだった。私はじっとその様子を見ながら、ふと我に返り、ドクターを呼びに行った。心臓に大きな注射を突き刺し、胸をドンドンと叩いて心臓マッサージをしたが、もうだめだった。もうやめてください、もうさわらないで、と私は叫んだ。

寂しい葬式だった。またもや、両親は葬式の場所で、顔を合わせなければならなくなった。病院には、お互いかち合わないように、時間をずらして行くようにしていたのに。

　葬式中、二人は一言も口をきかなかった。姉は、ソウルから帰ってこなかった。本当に寂しい葬式だった。兄の遺骨は、彼の人生を物語っていた。こんなに大病したというのに頑丈な骨はしっかり形を残して、特に喉仏はしっかりした仏の姿をしていて、青い袈裟をまとっていた。焼き場の人が、生前どんな方だったのですか、と私たちに尋ねたほどだった。

　立て続けに二人の兄が死に、高裁まで進んでいた、離婚裁判に終止符が打たれた。不毛な戦い、精神的にも金銭的にも莫大な浪費、大きすぎた犠牲。人の愛情とはこんなにもすさまじいものか。子をなくしてまで、なおも男と女として憎み合う二人を見て、恐ろしく思った。私は兄二人の名前が刻まれた墓を前に、「お兄ちゃんたち、今度は幸せな家庭に、生まれ変わっておいでよ」と心から念じて手を合わせた。

「さかちゃん、私今、小説を書いているの。書かずにはいられないのよ」。ソウルの下宿で書き上げたという「ナビ・タリョン」が『群像』という文芸誌に載ったのは、兄の死の翌年だった。それから、「かずきめ」「あにごぜ」「刻」と、とりつかれたように姉は小説を書いていった。ソウルでは敏子さんの経営する出版社から、韓国語版が刊行された。

　三ヵ月に一回ぐらいのペースで日本と韓国を行き来していた姉は、私たちにとって、相変わらず台風の目だった。今度はいつ上陸するかなどと冗談めかして、私と父は話していたほどだ。ウリマルが上達した姉は「アボジー」と父を呼び、父に甘えるようになり、父も「ばかやろう、いい年をして」と言いながら姉を心から心配し、生活用品やら本やら何でも送ってやっていた。

　韓国の国籍を棄て親戚とも縁を切った形になっていた父は、姉が韓国に傾倒し、「母国」と呼んでいるのをどう感じているのだろうか。姉は帰化をした父のことを、あんなに糾弾していたではないか。二人の間で多くの話がなされ、きっと解決したのだろう。とにかく仲よくやってほしい、そう、私は願っていた。

　父は離婚後何年かして日本人の女性と結婚し、千葉県に民宿を営み始めて、東京には週に何回か来るだけになっていた。二人の息子を失ったことから、以前の勢いが失せ、ずいぶん気弱になったようだった。頭痛の種だという姉が芥川賞候補に上がったりすると、手放しの喜びようだったし、発表の日は朝からそわそわして、「また今回も不渡りか」と選ばれなかったことを商売のように話すので、私も姉も顔を見合わせて笑ったものだ。

韓国と日本。

母国語である韓国語と母語となる日本語。

日本人でも韓国人でもない「在日韓国人」の立場。

「帰化」した両親を持つ自分。

兄を失った哀しみと後悔。

伝統文化である舞踊と現実の韓国での生活。

自分の身体を駆けめぐる血の意味。

逃げようにも逃げられない家、家族。

屈折した異性への愛。

姉の作品を読むと、私には、悲鳴が聞こえてくるようでつらかった。「また、お姉ちゃん、くらーい小説書いてんの?」と、茶化しながら、隣の部屋で原稿用紙に向かっている姉に話しかける。「やだー、さかちゃん。そう、私って暗いの。まっくらよ」。そんなふうに甘えた調子で返事する姉だった。小説の内容を、父や母は知っているのだろうか、じっくり読んだことがあるのだろうか。私は何度も両親に尋ねてみようと思ったけれど、やめた。姉は赤裸々に自分の家庭のことも、民族のことも、すべてと言っていいほど表現していた。そして深く悩み、苦しんでいた。私には救うことができない課題だった。

姉は、過去の何十年間を取り戻すかのように、父に甘え出した。私はいつも一歩離れて父とは接触していたが、姉はまるで、ファザーコンプレックスそのものだった。恋愛相手は年上の、それも父に似た人となってしまう。あるいは、相手にそれを強く求めていた。

私は、母と妹から離れ、一人で暮らし始めた。たまに帰ってくる姉が住めるようにと、父から二部屋あるマンションを借りてもらい、生活していた。離婚後も、互いのことを快く思わない、父と母の板挟みの状態は続いた。兄たちの一周忌、三回忌には同席がさけられないため顔を合わすのだったが、お互いが私たちに話すことは、恨み言ばかりだった。私は、見えない何かにいつも怒り、おびえていた。なんで兄たちはこうも早く逝ってしまったのだろう、いや、誰が連れていったのか、二人は死を通して何を訴えたかったのか……。

姉は、その気持ちがもっと強かったに違いない。

「さかちゃん、今度は私の番だわ。哲夫兄ちゃんが、呼んでるような気がする」と、よく口に出すようになっていた。姉の作品を読んでも、死ということを真剣に感じている様子がよくわかる。そういう姉の言葉を聞くのがいやで「大丈夫、憎まれっ子、世にはばかるって言うじゃない」と、私はいつも笑い飛ばすようにしていた。

姉は韓国で、ムーダンの踊り、巫俗伝統舞踊に没頭していた。兄たちの霊を慰めたい、交信したいという気持ちが強く表われ、舞踊にのめり込んでいったのだろう。姉の熱中の仕方はすごかった。小説と舞踊、姉にとっては両方とも有り余るエネルギーを発散させる場所、生を表現するという意味をもっていたのだと思う。

一九八九年一月、姉が芥川賞を受賞した。姉はソウルの下宿で発表を聞き、私は母の家で、テレビに映る姉の姿を見た。「在日韓国人二世の作家、李良枝さん」と紹介された時、思わず飛び上がって喜んだ。「由熙」という作品では、主人公の韓国での生活と在日韓国人としての葛藤が、本国の韓国人の目を通して回想形式で書かれている。

芥川賞は小説を書く者の登竜門だと言われているらしく、文学の世界をよく知らない私たちは、「これで、姉ちゃんも小説家という職業をもって、まともになれるね」と喜んでいた。父は、へえ、韓国人でももらえるのか、これは日本の賞なんだろう、と私に聞いていたほどだった。暗い話や不幸続きだった私たちの家庭に、姉の受賞は、本当に明るいニュースだった。姉の苦悩が、ここから別の形で始まるとは、想像もしていなかった。

芥川賞の授賞式に出席するために、姉はソウルから戻ってきた。姉はすごく緊張していた。授賞式への招待客をきめる時、姉は、「お父さんと、さかちゃんの呼びたい人を呼んで」と言うのだった。私の感謝はこんなことでしか表わせないもの、と。姉はほんの数人、幼なじみや最近の友人を招いただけで、あとは父の仕事関係の人や、私の友人となった。数日前から、姉は無口だった。ときたま「賞なんてとらなきゃよかった」とつぶやく。何か圧迫感みたいなものを感じていたのだろうか。興奮のあまり夜も寝ていなかった。授賞式は父の出席によって、母は出席しなかった。姉はその点でも気を使っていた。母をとるか、父をとるかの選択をいつもさせられることになる、やっかいな家庭環境は相変わらずだった。

受賞後、いろいろなマスコミからの取材もあったり、忙しく日々を過ごしていた頃、姉は山梨の生まれ故郷に行きたいと言い出した。小さな片田舎の町では、この町から芥川賞受賞作家が出たと、大騒ぎになっていた。そこで、市長から歓迎を受け、韓国舞踊を披露する話がまとまった。姉は高校時代の家出以来、十七年ぶりに富士山を間近に見ることになったのだ。

この頃の姉は、「感謝、何事にも感謝よ」が口癖のようになっていた。謹呈本の扉には「カムサハムニダ」と、ハングルで一冊一冊丁寧に書いていた。それと同時に「仁義がたたない、仁義を通せ」も口癖で、まるでヤクザみたいに姉はハスッパな言葉でしゃべる。でも、小柄でかわいい感じの姉がそう言ってもちっともすごみがないのだった。たしかに、私たち二人はよく高倉健主演のビデオを借りてきて、毎晩と言っていいほど観ていた。姉は実によく映画の主人公になりきり、セリフをまねするので、私はいつもあきれて笑ってしまうのだった。私は、そんな時の姉がかわいくて大好きだった。

私と姉には、隠し事はほとんどなかったと言っていい。離れていても、何でも報告し合っていた。困るのは、私が体験したことなどが小説の中に出てきたりすることで、「何でも小説の材料にしないでよ」と真剣に頼んだことがある。

きどった小説家、美しく舞う舞踊家の姿のイメージとはまったく違い、姉はとてもひょうきんで、いつもおかしいことを言ったりやったりする。それに、他人に気を使いすぎるほど気を使うのだった。ほんの数人の知り合い同士の飲み会でも、席順から灰皿の取り替え、空になりかけのグラスまで、自分の立場をわきまえて私に目配せしてその場を仕切る。特に年上の人が同席した時などは、極端と言えるほど気を使うのであった。「さかちゃん、韓国では儒教の精神が生きているの。私はそれを大切にしたいわ」。ふだんは姉の方が私の妹のように思えていても、こういった場面では、毅然とした「姉」になるのだった。

その年の十月、姉は約一千人の観衆を迎えて、山梨県富士吉田市で「李良枝富士に踊る」と題して韓国伝統舞踊を披露した。たまたま私が勤めていたイベント制作の会社で照明、音響、進行を協力することになり、市役所の人たちも一丸となって、無事姉は舞台を成功させることができた。プジョンノリ、僧舞《スンム》、サルプリの三つの舞いを一日、二ステージ踊り通した姉の気迫はすさまじかった。裏方で進行をしていた私は、「やっぱり、うちのお姉ちゃんはただ者ではない」と感じ入っていた。姉は本物のムーダン、神と交信できる霊媒そのものだった。それに妹の目から見ても、姉は悲しげなほど美しかった。

大きな舞台が終わってから何日もたたないうちに、また姉の憂鬱病、後悔病が始まった。踊りを披露した自分を責めるのだ。いやだいやだ、とだだをこね、できあがったビデオや写真を見ようともしない。私はもう、そんな姉を本気で相手にすることはやめた。

芥川賞を受賞したことと舞台の成功を報告するために、姉と私はある日、兄二人の眠る墓に向かった。「田中家之墓」と刻まれた墓はまだ新しく、まわりを見回しても、二人の名と享年三十一、三十と書かれた墓碑はひときわ目立つように思われた。姉は受賞の時にもらった金の懐中時計を、兄の墓前に置き、線香に火をつけて私たちは手を合わせた。その時、「ガチャン」とケースごと時計は石の上に落ち、時計のガラスが粉々に砕けた。私の「アッ」という声と同時に、姉は突然取り乱し始めた。「お兄ちゃんは怒ってるのよ。おまえばかりいい目にあってるって……。ああ、やっぱり賞なんてもらわなければよかった、踊りなんて踊らなければよかったぁ」とふるえながら、泣きじゃくる。「水をまいてあったから、すべっただけだよ。金時計なんていうけど、本当は安物なんじゃない？大丈夫、文藝春秋に言って取り替えてもらおうよ」。そう言いながらも、少しばかり私もゾッとした。いや、妹の幸せを兄たちは喜んで見守ってくれているはずだ、これは何か別のメッセージだ、それが何かはわからないけど……。このことは、以後二人とも口に出すことはなかった。私は、忘れよう、なかったことにしようと思っていた。

大きなイベントも終わり、姉は縁あって、島根県の出雲市に長期で滞在することになった。翌年の正月もそこで迎え、約半年ほど出雲市の斐川町に籠もり、次の作品の構想を練っていた。寂しがりやの姉のことだから、籠もるといってもいつも下宿には人が集まり、東京からも友人たちが訪ねていったようだった。

この土地は姉に言わせると、神々が集まる聖地で、次の作品を始めるにふさわしい場所であった。私も一度訪ねたが、本当にすばらしいところだった。その地の人たちに、姉がわがままを言って困らせていないかどうかが、とても気がかりだったが、姉はみんなにとても愛されているようだった。

しかし、どこに行っても、姉はいつもおびえるようにしていた。「落ちつく」という言葉を知らない孤児のように、姉の心は不安定だった。一人でいることを極端に恐れているのは、不安定な自分をどうやってコントロールしたらいいかわからないからだ、と私に話していたことがある。

ソウルに戻り、梨花女子大学大学院に復学した姉は、もう普通の大学生ではなくなっていた。芥川賞をとったことは、日本より韓国での方が、数倍大騒ぎされていたようだった。大使などの著名人の集まりのパーティーに招かれたり、講演を頼まれたり、姉には休息する暇もなかった。こんな時、姉は溜め息をつきながら、「さかちゃん、私、恋人と大学の校門前で待ち合わせて、マクドナルドでアイスクリームを食べたい。そして手をつないで散歩するの。今までこんなこと想像したこともなかった。こんな感情わかなかったのに、変ね」と夢見る乙女のように話すのだった。「でも私たち、孤独の星に生まれてきたから、一生結婚なんてできないかもね。こうなったら、二人できんさんぎんさんみたいに、百歳まで生きようね」と甘えて言う姉に、ゾッとした私は「お姉ちゃん、私は絶対結婚する。お姉ちゃんも早くいい人みつけなよ」と突き放し気味に言った。私も姉も昔から、好きになる相手とは結婚できない、と最初からあきらめていたようなところがあった。両親の激しい憎しみ合い、男の人に対する母の罵倒の声が、小さい時から心に植え付けられていたからかもしれない。私たち姉妹は、こと恋愛に関しては、屈折した感情を持っていた。

それからの二年間、姉は今までのように頻繁には日本に戻らず、ソウルで過ごしていた。受賞後の一作目はいつですか？　としょっちゅういろいろな人から、聞かれてもいたみたいだった。姉は「大作家というものは、そう簡単には発表しないものよ」とふざけ半分に言い、「私は流行作家じゃないんだもの。さかちゃんも私のこと、他の人に聞かれたら、そう答えるのよ」と話していた。その反面、「林真理子ちゃんがうらやましいわ」と週刊誌をめくりながら、つぶやくこともあった。

私は「純文学」というものがよくわからなかったし、文学でも踊りでも、姉の「芸術」に対してよき理解者とは言えなかった。そんな姉が、心から信頼をおいていた人といえば、ただ一人だったような気がする。その人は昔、姉を育てた編集者だったが、自身が小説家となっていた。姉はことあるごとに、彼に電話をかけて頼っていた。プライベートなことから、自分の作品のことにいたるまで、何でも相談していた。私もその人のことを「辻（章）先生」と呼んで、お兄さんのように慕っていた。姉と喧嘩すると、その先生に電話をして姉の悪口を言い、姉妹喧嘩の仲裁役にしてしまうこともあった。

　年が明けて姉は日本に久しぶりに戻ってきた。実は、私の結婚相手がきまったのと、体調を崩した私を心配して来たのだった。姉はすでに作品「石の聲」を執筆し始めていた。私の体調が戻るまでの二ヵ月間、姉はずっとつきそって看病をしてくれた。隣の部屋で山のような原稿用紙に埋もれていた姉が、突然「私、ワープロを習うわ」と言い出した。今度の小説は大長編で書き直しも管理も大変だ、とある編集者に話すと、「ワープロはとても便利だよ」と教えられたというのだ。冷蔵庫がなぜ冷えるのか？　ファックスという機械から、なぜ、文字が流れてくるのか？　「私は、文明の機器を信用しない」と言っていた姉が、ワープロを買うという。私は、即座に反対した。どうせ、中途半端に終わるに違いない、ぶつくさ文句を言って投げ出すにきまっている。それに、コンピュータ用語を何一つ知らない姉に、マニュアルを見ながら一人で覚えるなんてことができるわけがない。

　ところが姉は驚くほど、ワープロに熱中した。朝早くから、隣の部屋でキーボードを叩く音が聞こえた。「ポチン、ポチン」とたどたどしく聞こえていたキーボードを打つ音が、日毎、早くなってきている。昔から驚かされるのは、姉の集中力のすごさだ。しかし、目が疲れてきたのだろう。翌日、ＯＡ用のサングラスと電磁波を通さないためのＯＡエプロンを買ってきて、テーブルのワープロに向かっていた。私と私の彼は、驚いて「お姉ちゃん、何そのかっこう?」と思わず吹き出した。そのうえ、あと何日かしたらコンピュータのデータを破壊する「ミケランジェロ　ウイルス」が全世界を襲うらしい、私はその日は絶対ワープロを使わない、と真顔で言うのである。彼が一生懸命、通信でつながっているコンピュータと姉の使っているワープロとは違うと説明しても、姉はサングラスをはずそうとしなかった。文明の機器は便利だけれど、身体にはよくない、と言うのだった。

姉が日本に戻り、一緒に住んでいた私たちだったが、私が結婚をすることがきまり、姉は近くにアパートを借りることになった。けっきょく姉は、ソウルには戻らなかった。ソウルの下宿の荷物は、敏子さんに荷造りを頼み、船便で送ってもらった。姉はワープロに向かい、作品執筆に没頭していたが、本当はソウルに行きたいと思っているようだった。その様子は「石の聲」に、よく表われている。

ソウルにいる時は、年がら年中という感じで逃げだしたいとか、もう韓国はいやだとか、愚痴ばかり言っていたにもかかわらず、何か無性に懐かしくてね。踊りのことについても、やり残したことがまだまだたくさんあったことを知っているのは自分自身だったから、よけいつらかった。(石の聲)

なぜ、姉がそういう形で韓国を離れたのか、十年という歳月を過ごした韓国から日本に腰を落ちつけようと考えたのか。はっきりと心の内を聞いてはいなかったが、たしかに姉は、今向かっている小説に全力を尽くそうと考えていたようだった。

私はその頃、大久保の父の事務所の机を借りて、四ヵ国語の生活情報誌を創刊しようと準備をしていた。日本にはたくさんの外国人が住んでいる。特に新宿、大久保は五人に一人が外国人というほど、私が以前留学していたことのあるニューヨークみたいに人種の坩堝になっていた。

私は「在日韓国人」という立場で、日本と韓国の関係ばかりを考えるのはいやだった。夫となる人は南米コロンビアで生まれ、アメリカで育った、南米系のアメリカ人だ。日本で生まれ育った、韓国語がしゃべれない私は、スペイン語と英語を母国語にもっている彼がうらやましかった。帰化しているけれど、心から日本人とは言えない、自分や姉のような二世がたくさんいることは知っている。韓国と日本、そんな呪縛から一歩踏み出したい、そう考えていた。一年前に末の妹が、上海出身の中国人と結婚したこともあって、情報誌作りの環境もそろっていた。初めての雑誌づくりに、私は燃えていた。姉はそんな私を励ましてくれ、自分のことのように、いや、それ以上の協力をしてくれていた。企画から、原稿書き、英語、韓国語、中国語への翻訳、徹夜の毎日だった。スタッフは四人、姉は毎日差し入れをもって、みんなに気を使ってくれていた。私は、完全に姉に甘えていた。ソウルに戻らないでほしい、と願っていたのは私だったのかもしれない。

一九九二年の五月、私たちは結婚式を彼の実家、アメリカで挙げるため、連休を利用して旅立った。創刊間際の雑誌は、一番大変な時期だった。結婚式を取りやめようか、と何度も考えていた時、姉は「さかちゃん、一生に一度のことだから行ってきなさい。後は、この姉に任せて」と、ドンと胸を打つのだった。そんな姉にすべてを頼んで、私たちは旅立った。本当なら、一緒に行ってもらいたかった。「お姉ちゃん、ごめんね。頼みます」。私はリムジンバスの窓から、何度も手を振り、その度に胸を叩きながらうなずく姉を見ていた。

そして十日後、アメリカから戻った私は、その間の姉の奮闘ぶりをスタッフや父から聞いた。自分のことはそっちのけで、姉はスタッフに気を配り、「さかちゃんの代わり」をやっていたという。結婚で浮かれている暇もなく、そして大事な「お姉ちゃん、ありがとう」もゆっくり言えないまま、姉からその間のことを引き継いで作業にとりかかった。私を先頭に、雑誌づくりに関しては素人ばかりの集団だったから、何もかもが本当に大変だったのだ。私にとって、姉の存在と励ましは、大きな支えだった。それから私は、夫となった人をそっちのけで、夜遅くまで作業をする毎日になっていった。そんな私たちを見かねて、姉は彼の食事の心配をしてくれたり、私たちの部屋の掃除や洗濯までしてくれていた。姉は真顔で「さかちゃんの幸せのためなら、何でもやってやる」と言っていたし、本当に何でもやってくれていた。こんな姉は変だった。以前のような自由奔放な姉は、どこに行ってしまったのか。心で感謝をしながらもそんな忙しさの中で、私には姉とゆっくり話す暇もなくなっていた。

毎日かならず事務所に顔を見せる姉が、「さかちゃん、今日は風邪っぽいからそちらには行けないわ。熱が出てるみたい。がんばってね」と電話をかけてきた。昨日まではあんなに元気だったのに、どうしたのだろう。父も心配して、何度ものぞきに行っていたようだった。最近ずっと無理をしていたから、疲れがドッと出たのだろう。「お姉ちゃん、安心してゆっくり休んでね。おかげさまで、校正も済んでこちらも一段落したところ。何かあったら電話してね」と言って電話を切った。そういう私も、アメリカから帰ってきた後、ほとんど寝ていなかった。夫ともゆっくり顔を合わせていない。

翌朝、父からの電話で目が覚めた。姉の熱が下がらない、と言うのだ。さっそく、父と一緒に姉のアパートに行くことにした。私は実はこの日初めて、姉のアパートを訪れたのだった。私のところからほんの五、六分の距離だった。姉はしょっちゅう私のところに来てくれていたし、私は本当にめちゃくちゃ忙しかった。

「へえ、お姉ちゃん、いいアパートじゃん。眺めもいいし、ホント、お姉ちゃんの大好きな銭湯が目の前だ」。私は悠長に姉に話しかけた。姉は力なく笑いながら、「そうでしょ」と言った。本当だ、熱が高い。丸二日間じっとして薬を飲んで寝ていたのに下がらないという。怖くなった父と私は、すぐ救急車を呼んだ。救急車は姉と父と私を乗せ、「さあ、どこの病院に行きますか」と、まるでタクシーの運転手のように尋ねる。ここから近いのは東京医科大学病院か、東京女子医大病院だ。私はその救急隊の人の悠長な話し方に頭にきながら、「東京女子医大」と叫んだ。電話で交信しているその人たちは、なかなかアパートの前から出発しようとしない。「ベッドがみんなふさがっているようですよ。どうしますか？　とりあえず診察してもらいますか？」。いらいらしてきた私は、「とにかく行ってください！」と大きな声を出した。

東京女子医大の内科に到着して、診療室のベッドに寝かされ、医師の診察を受けた。胸が苦しいという姉の訴えで撮ったレントゲンを見ながら、内科の若い医師は「肺に少し白い形が見られますが、風邪をこじらせたのでしょう。この薬を服用して今日はゆっくり休んでください」と言った。

「先生、苦しんでいますから、入院させてください」と私が頼むと、「特別室しかないんですよ、それに看護婦がいない。一晩様子を見て、また明日来てみてください」と言われ、しょうがなく私と父は姉を連れて私のアパートに戻ったのだった。帰ってから、薬が効いたのか姉はぐっすり眠り、夜はテレビを見ながら久しぶりに夫を交え三人で夕食を食べた。熱も平熱に下がっていた。

翌朝、七時ごろ私たちの寝室のドアのすきまに姉が、胸を押さえて苦しそうに立っている。ハッとして起きた私が「どうした？　苦しいの？」と聞くと、ただ、うんとうなずく。

あわてて病院に電話をし、今から行くと伝えた。夫がタクシーを拾って病院に到着したのは、八時ちょっと前だった。「肺炎ですね。ここはベッドがないから、別の病院を手配しましょう」。そう言われ、また救急車で姉は運ばれた。姉は苦しそうだったけれど、落ちついたのか、看護婦に「ねえ、クリスチャンディオールの香水つけているでしょ」などと冗談を言っていた。昼になって荻窪の病院のベッドにようやく寝かされた姉は、「病人が多いんだね。ようやくここで落ちつける？」と聞く。「ホント、お姉ちゃん、お疲れさま。あちこち回されていやになっちゃったよね。ゆっくり休んで」。検査を受け、姉は少し眠っていたようだった。

「親族の方、ドクターがお呼びです」。看護婦に父と私は呼ばれた。安心していた私たちの目の前に掲げられたレントゲンには、昨日のものとは違って、真っ白な形が肺いっぱいに広がっていた。

「この病院の設備では、適切な処置ができません。大学病院に手配をします。肺に水が充満しているので、危険な状態です。ご親族全員に連絡をとっておかれた方がよいでしょう」

なんということだ、冗談じゃない。これまでの経過を、興奮しながらドクターに説明した。今、大学病院からここに回されてきたばかりじゃないか、嘘だ、風邪をこじらせただけだと言われたばかりだ、危険な状態ってなんなんだ？　呆然と立ち尽くした。「どの病院もいっぱいです、もうちょっと待ってください」。看護婦が何度も答える。長かった。けっきょく最初に行った、東京女子医大の集中治療室に姉は運ばれた。もう夜の六時を回っていた。

集中治療室に着いた姉の手を握りながら、「お姉ちゃん、今度こそちゃんと見てもらえるよ。がんばるんだよ」と話しかけた。「うん、さかちゃん、ここは重病の人が多いみたいね。カーテン越しにすごく緊張したやりとりが聞こえるわ。何か、小説が書けそう」。姉の顔は紅潮していた。「お姉ちゃん、その調子。よくなったら、ワープロ持ってきてあげるから」「でも、さかちゃん、お姉ちゃん死んじゃうかもしれない」「ばか、何言ってんの。目をつぶってゆっくり寝てちょうだい」。その部屋に入るには私たちも全身消毒し、エプロンを着せられた。頻繁には入れてもらえなかった。

「今晩がヤマバです。親族の代表の方、待ち合い室でお泊まりになってください」。私と夫が残った。そして夜八時を過ぎた頃、医師が来た。「肺ばかりでなく、心臓にも疾患が見られます。隣の心臓血液センターに移動します。痛みが激しく呼吸困難を起こしているので、麻酔を打ちます。同意書にサインをしてください」。移動ベッドに移された姉は、うつろな目で私を見て、手を小さく振った。長かった髪を数日前、ばっさり切ったばかりの姉は、小さくて少女のようだった。声は出せなかった。そしてそのまま昏睡状態に入り、夜明けを迎えた。途中、母がやっぱり家で待っていられないと待ち合い室のベンチに来て、三人で治療室の様子をずっとうかがっていた。

翌朝八時、治療室のドアが開いた。容体が急変して危篤状態です、中に入ってください、と看護婦が言う。姉は身体中に管を通され、心臓マッサージをされていた。嘘だ。何という光景だ。私たちが入ると、医師や看護婦はうなだれ、首を横に振っている。私はドクターにつかみかかった。何とかしてくれ、あきらめるな、助けてー。再度ドクターはバンバンと姉の胸を叩く。「おねえちゃーん」。私は思いっきり何度も叫んだ。魂を呼び戻すことができるのだ、姉はいつもそう言っていた。私の声を聞いて戻って来てくれ。しかし姉の心臓は止まった。

もうそれからのことは、全部が真っ白だった。急性心筋炎という説明を受けたが、誰のことを言っているのかわからなかった。地階の霊安室に移された姉は、姉じゃなかった。

これは悪い夢だ。そう思っても線香のにおいは全身にしみわたる。

葬儀の手配はどうしましょう、と黒い服を着た男が尋ねてくる。父も母も黙って、放心状態だ。神戸から妹夫婦が到着した。みんなに取り乱すな、というのは無理なことだった。とにかく、その待ちかまえていたような黒い服の男に言われるまま、ことを進めていかざるを得なかった。姉は小さな箱に入れられ、私はその箱の傍らに座り、明るくまぶしすぎる東京の町を、大久保の私のアパートまで車は走っていく。箱の中で呼吸が聞こえた。スースーとはっきり聞こえた。車の窓の隙間から風が入り、そう聞こえたらしい。解剖された姉の身体が生き返るわけがない。父と母は解剖に反対していた。でも私は納得がいかなかった。きっと姉だって、どういう原因で死んだのか、知りたいと思うだろう。たった、二日間のことではないか。私の強い説得で、解剖を許可した父たちだった。その車の中で、冗談よ、と言って起き出すかもしれなかった姉のチャンスを、解剖によって奪ってしまったような後悔を私は感じていた。「ごめん、お姉ちゃん、許して」。悔しくて悔しくてしょうがなかった。

通夜、葬式という儀式は、現実を忘れさせるためのものだ。姉の死の情報はテレビ、ラジオ、新聞でも流れたらしい。たくさんの弔問客の対応、儀式の進め方に追われ、自分が何をしているのか、誰のことで人がこんなに集まってきているのか、わからなかった。姉の友人、知人がこんなに来てくれているのに、当の本人はどこにいるんだろう。

「さかちゃん、何やってたのよ、あなたがそばについていながら。ヤンジに何があったの？」。親しかった出版社のお姉さんが、私に怒りをぶつけながら号泣した。本当に何があったというのだろう。

姉に何をまとわせるか、やっぱりチマチョゴリを、すばらしいものを着せてあげたい。母の親戚の叔母に頼んで、韓国のしきたりで結婚前の娘が着る衣装を、一晩で縫ってもらうことになった。本当にきれいなチマチョゴリだった。姉の女の友人たちと、堅くなった身にまとう白い浴衣からチマチョゴリに着せ替えた。姉の透き通るように白い肌と顔色は、口紅をさすと、ぱっと輝いた。酔っぱらって化石になった寝顔と同じなので、みんな姉を揺り動かせば、起きると錯覚してしまっていた。ソウルから、敏子さんが到着した。「アイゴー」と言ったきり足腰が立たなくなった敏子さんは、姉のそばから、がんとして離れなかった。

葬式も終わり、しばらくして「ヤンジは自殺したんじゃないか、という噂があるので、詳しく話を聞きたい」と、ある週刊誌の記者が私に電話をしてきた。愕然とした。解剖の結果を聞きに来てくれと、病院から電話があったばかりだった。私は一人であの病院に向かい、専門医の説明を受けた。急性の心筋炎で原因となったウイルスは何かわからない、もう少し長く治療を受けていれば、投与する薬の効果でウイルスが判明したのだが、抵抗力がなかったので死に至ってしまったというのだ。私は冷静に病院側の処置の仕方や対応に間違いはなかったか、と問いただした。初日のレントゲンをとった時点では、こんな重病であるとは診断されず、家に帰されたではないか、たった一日でそんなに急変することがあり得るのか。もう何を言ってもだめだった。はっきりとした回答は返ってこなかった。私は、心臓外科ではトップと言われているそのドクターに聞いた。「先生、兄たち二人も突然の病気で亡くなりました。そして姉も……。先生は運命だと思いますか?」。ドクターはそれに関して何も言わず、「あなたと妹さんが検査を受けることを勧めます。受診してください」と言うだけだった。英文で書かれた「病理解剖学的診断」書を受け取り、私は病院を出た。

誰にこの怒りをぶつけたらいいのだろう。昼夜私は泣き続けた。夫がいなかったら、私はどうにかなっていたかもしれない。それに、雑誌の仕事は山積みになっていて、スタッフたちも不安げに事務所で待っていた。姉の言葉が焼き付いて離れなかった。「さかちゃん、雑誌はきっと成功するよ。私が芥川賞をとった時も、発表の当日、敏子さんの息子さんが大風邪をひいて寝込んでいたもの。私の風邪も厄払いなのよ。大丈夫、がんばりなさい」。姉は私の手を強く握った。来月の創刊を間近に、刷り上がりを待つばかりの状態だった。

それから約二年間、私はがむしゃらにがんばった。姉は今どこかで見ている、そう心に思いながら、一方でなんで、だれが姉までも連れ去ったのか、答えのない疑問を抱きながら今日まで来ている。あのお姉ちゃんが、黙って何も言い残さずに逝ってしまうわけがない。「私、間違えて眠ったままだったのよ」。姉が、そう言って目の前に現われることばかり考えていた。

最近になって私はようやく、姉の『李良枝全集』（講談社）のページを開くことができた。全力を尽くした情報誌も、資金難で休刊することを決定し、姉の死に対して直面してみる決心がついたのだ。そしてもう今年［一九九五年］で三年目を迎えた。姉のワープロに入っている「石の聲」は三章の途中で、画面上ではカーソルが点滅したままだ。私には「お姉ちゃんの代わり」をやってあげられない。この作品は「李良枝」しか続けられないのだ。

姉のやりかけの仕事や、遺品が大きすぎて、いったい何から手をつけたらいいのかわからないでもいる。これをひもとくのが親愛なる姉への、妹としての役目なのかもしれない。私の人生をきっと姉は近くで見てくれている、私から遠くは離れていない、そう確信している。

私は、昨年冬、女の子を出産した。大きな目の、色の白い、姉に似た子だ。

付記

おたまじゃくしをつかまえに行くよ。春のあたたかい陽気、菜の花が一面にゆらゆら、姉と手をつなぎ、歌いながら田んぼ道を歩く。私の小さな手から、おたまじゃくしはすり抜ける。さんざん遊んで、うちに向かって歩く私たち。一歩踏み出すと、私の靴の中で何かがぐじゅっぐじゅっと音を立てる。

「かえるが靴の中にいるよぉ。もう歩けないい」。大泣きする私を、「なんにも入っていないよ。大丈夫だよ」となだめる姉。でも泣き止まない、動かない私をとうとうおんぶして歩き始めた。家までそうとうな距離があったように思う。背中ですやすやと寝てしまった私。姉六歳、私三歳ぐらいの頃のできごとだ。家に戻ると母にとびつき、乳をまさぐる私。姉は風呂場で一人足を洗う。

「姉・李良枝のこと」をテーマにした文章を発表してからさらに時が流れた今、こうした記憶がくっきりとよみがえる。「二人できんさんぎんさんみたいに、百歳まで生きようね」と姉が言った時、「そうしようそうしよう」と言わなかった私。サルプリを踊る姉が白いスゴン（手布）を天に振り上げる時、姉の目線はスゴンの先のあの世の何かと目を合わせながら舞台のそでに消えていった。その手を引っ張り、引き止められなかった私。

「芥川賞なんてもらわなければよかった」「踊りなんて人前で披露するべきじゃなかった」。何かをするたびに、そう後悔して泣き出す姉。気弱になったかと思うと、夜になれば出版社の人たちと酒盛りが始まる。私が寝ようとしていると、一緒に飲んでいた人から電話がかかってくる。迎えに行って姉をおんぶする。人形のように指さえ動かさないで熟睡する姉。

姉・李良枝を知る人、関わった人それぞれにたくさんの思い出がある。どうか忘れないでいつまでも想っていてほしい。私の子たち、ヤンジの姪と甥は成人し、在日三世として立派に成長した。三メートルもの長さの白いスゴンはあの世とこの世を結び、生き行く者たちの長寿を祈るという願いがこめられているのよ、と姉は教えてくれた。没後三十年がたって、姉のエッセイ集が発行される。ああ、ここで姉のことばはまた生まれ変わることができた。

감《カム》사《サ》합《ハム》니《ニ》다《ダ》・本当にありがとうございます。

李栄（イ・ヨン）。イベント会社勤務後、四ヵ国語情報誌『We're』編集人を経て多言語翻訳会社を経営。父親の賃貸物件管理会社を引き継ぎ、取締役を務める。作家・李良枝の妹、日本名は田中さか江。

初出一覧

詩 木蓮に寄せて
『LITERARY Switch』創刊号（一九九一年一月）

1 旅の風景について

木蓮によせて
「東亜日報」一九八九年四月一日
「東亜日報」は韓国の新聞で、原文は韓国語で書かれているが、本書には『李良枝全集』（講談社、一九九三年）に収録されている日本語テキスト（著者の自筆日本語原稿をもとにしたもの）を掲載している。

富士山
『群像』一九八九年七・八・九月号

「寿」
『ミセス』一九九〇年十二月号

2

韓国の踊りについて

巫俗伝統舞踊——멋（モッ）の息吹

『アサヒグラフ』増刊・一九八七年四月一日号

韓国巫俗伝統舞踊

環日本海松江国際交流会議編『環日本海シリーズ’89——日韓交流五千年の歴史と文化』（一九九〇年）

3

文学と文化について

愛を知り生の意味を確かめる

『朝日ジャーナル』臨時増刊・一九八九年七月五日号

対談　湖畔にて

『フェミナ』一九九〇年春号

のちに大庭みな子『やわらかいフェミニズムへ』（青土社、一九九二年）に収録された。

恨とほほえみ
『大庭みな子全集』第十巻・月報（講談社、一九九一年）
私の「ゲーテとの対話」
『ゲーテ全集』第三巻・月報（潮出版社、一九九二年）
私たちのＤＩＳＣＯＶＥＲＹを求めて
『We're』創刊号（一九九二年七月）

4 はざまを生きることについて

わたしは朝鮮人
高校生文化研究会編『考える高校生の本6――青空に叫びたい』（高校生文化研究会、一九七七年）
散調の律動の中へ
『三千里』一九七九年秋号
若者に伝承されていく朝鮮人蔑視
『朝日ジャーナル』臨時増刊・一九七九年九月二十五日号

＊

受賞のことば

『文藝春秋』一九八九年三月号

資料　私

『すその――富士吉田市作文選集』十七号（富士吉田市立教育研修所、一九六九年）

＊

姉・李良枝のこと　李栄

『ほるもん文化』六号（一九九六年）

初出タイトル「李良枝姉」を改題し、加筆修正をおこなった。

＊本書に掲載したテキストは、「対談 湖畔にて」「資料 私」「姉・李良枝のこと」の三編をのぞいてすべて『李良枝全集』（講談社、一九九三年）を底本としています。本書には、今日の人権意識からするとふさわしくない表現がみられますが、故人の著作であり、歴史性を考慮してそのままとしていますことをご了解ください。

李良枝（イ・ヤンジ）
作家。一九五五年三月十五日、山梨県南都留郡西桂町で在日韓国人の両親のもとに生まれる。早稲田大学社会科学部中退。大学在学の頃に伽倻琴、韓国語、韓国舞踊を習い始め、一九八〇年から東京と韓国の往来を繰り返す。ソウル大学国語国文学科に入学し、小説「ナビ・タリョン」を文芸誌『群像』に発表。一九八八年にソウル大学を卒業し、翌年に小説「由熙」で芥川賞受賞。一九九二年、東京で長編「石の聲」の執筆に専念していたところ病に倒れ、五月二十二日に急逝。享年三十七。著書に『由熙　ナビ・タリョン』『刻』（以上、講談社文芸文庫）など。

写真（十頁）　島崎哲也太
ブックデザイン　堀渕伸治◎tee graphics

本書のカバーおよび本文で使用した写真のうち、撮影者のクレジットを明記していないものについては、著者の家族より提供していただきました。

ことばの杖──李良枝エッセイ集

二〇二二年五月二十二日　第一版第一刷発行

著者　李良枝

発行　新泉社
東京都文京区湯島一－二－五　聖堂前ビル
電話　〇三－五二九六－九六二〇
ファックス　〇三－五二九六－九六二一

印刷・製本　萩原印刷株式会社

ISBN978-4-7877-2200-3　C0095　Printed in Japan

本書の無断転載を禁じます。本書の無断複製（コピー、スキャン、デジタル化等）ならびに無断複製物の譲渡および配信は、著作権法上での例外を除き禁じられています。本書を代行業者等に依頼して複製する行為は、たとえ個人や家庭内での利用であっても一切認められていません。